Skandal und Liebe

Inge Grohmann

Skandal und Liebe

Herzog Georg II. von Sachsen Meiningen
und die Freifrau von Heldburg

Zitate aus Dokumenten, Briefen und Erinnerungen

Bibliografische Information der Deutschen Nationalbibliothek
Die Deutsche Nationalbibliothek verzeichnet diese Publikation in der Deutschen
Nationalbibliografie; detaillierte bibliografische Daten sind im Internet über
http://dnb.d-nb.de abrufbar.

© 2012 Inge Grohmann
Satz, Umschlaggestaltung, Herstellung und Verlag:
BoD™ – Books on Demand, Norderstedt
ISBN 978-3-8448-3024-8

Inhalt

Vorwort

Georg II. von Sachsen-Meiningen kam am 2. April 1826 in Meiningen als Sohn Herzog Bernhards II. und Herzogin Marie geborene Prinzessin von Hessen-Kassel zur Welt. Im Jahr 1866 übernahm er die Regierung des Herzogtums und ging als politischer Gestalter und souveräner Herrscher, als Reformator und Förderer der Theaterkunst sowie der Musik in die Geschichte ein. Er verstarb am 25. Juni 1914 in Bad Wildungen.

Helene Franz wurde am 30. Mai 1839 in Naumburg geboren. Zunächst als Pianistin bei Hans von Bülow ausgebildet, wechselte sie ins Schauspielfach und wurde 1867 in Meiningen für tragende Rollen engagiert. Nach der Hochzeit mit dem Herzog 1873 verließ sie die Bühne. Sie wirkte fortan für die Dramaturgie und hatte Einfluss auf das Engagement sowie auf die Ausbildung junger Künstler. Am Erfolg und internationalen Ruf des Meininger Theaters kommt ihr ein maßgebender Anteil zu. Sie verstarb am 23.6.1923 in Meiningen.

Aus erster Ehe Georgs II. mit der preußischen Prinzessin Charlotte (1831-1855) entstammten der Erbprinz Bernhard und Prinzessin Marie, aus zweiter Ehe mit Feodora von Hohenlohe Langenburg (1839-1872) die Söhne Friedrich und Ernst. Die dritte Ehe mit Freifrau von Heldburg blieb kinderlos.

Mit einer Auswahl von Zitaten aus Briefen, Testamenten, Zeitungen und Erinnerungen wird in diesem Buch von den widrigen Demütigungen, Anfeindungen und Kränkungen erzählt, die dem Herzog und der Freifrau von Heldburg wegen der nicht standesgemäßen Heirat entgegenschlugen. Daneben vermitteln Auszüge aus Briefen des Paares Einblick in die intime Sphäre ihrer großen Liebe.

Um den Lesestoff gefällig zu gestalten, wurden einige Zitate geringfügig der aktuellen Schreibweise angepasst.

Eine eingehende Charakteristik der beiden Personen und ihrer Lebensleistung ist aus diesen Dokumenten jedoch nicht möglich. Dazu wird auf die von Alfred Erk und Hannelore Schneider veröffentlichte Biografie »Georg II. von Sachsen-Meiningen – ein Leben zwischen ererbter Macht und künstlerischer Freiheit« verwiesen.[1]

Abb. 1: Herzog Bernhard II. von Sachsen-Meiningen

Abb. 2: Herzogin Marie von Sachsen-Meiningen, geborene Prinzessin von Hessen-Kassel

Abb. 3: Georg, Erbprinz von Sachsen-Meiningen

Das Trauma der nicht standesgemäßen Heirat

Die Nachricht von der heimlichen Trauung des Regenten kam überraschend und löste in der Residenzstadt des Herzogtums Sachsen–Meiningen Bestürzung und Fassungslosigkeit aus.

Georg II., bereits zweimal verwitwet, hatte entgegen den Standesregeln am Abend des 18. März 1873 eine Schauspielerin des eigenen Hoftheaters, Helene Franz, geheiratet und ihr das Adelsprädikat »Freifrau von Heldburg« verliehen. Es war das offizielle Bekenntnis einer einzigartigen, großen Liebe und der Beginn einer genialen künstlerischen Schaffensgemeinschaft.

Von der Aristokratie und weiteren Kreisen wurde dieses Ereignis als Skandal empfunden.

Der Vater Georgs II., Herzog Bernhard II., sah das herzogliche Haus in Schmach und Schande gebracht.

Abb. 4: Herzogliches Residenzschloss Elisabethenburg Meiningen

*Georg II. von Sachsen Meiningen war eine herausragende Herrscherpersön-
lichkeit und ein ambitionierter Künstler, ehrgeizig, charakterfest, sozial und
gerecht. Mit dynastischem Pflichtgefühl und Durchsetzungsvermögen nutzte er
jene Freiräume für Reformen und Gesetzesinitiativen, welche die Verfassung
des Zweiten Deutschen Kaiserreichs ihren Reichsfürsten bot, und entwickelte
sein Herzogtum zu einem liberalen Musterstaat. Auf dem Fundament einer
exzellenten Bildung und Erziehung sowie vielfältiger Kenntnisse und Erfah-
rungen, die er während zahlreicher Reisen zu Stätten der Kunst und Archi-
tektur erworbenen hatte, reiften jene kunstsinnigen Vorstellungen, mit denen
er das Meininger Theater wie auch die Hofkapelle reformierte und durch
zahlreiche Gastspielreisen nachhaltig zu Weltruhm führte. In seiner dritten
Gemahlin hatte er dabei eine künstlerisch begabte, geistreiche Partnerin gefunden, mit der er den eigenen kreativen Lebensanspruch in Übereinstimmung
der Auffassungen, Anschauungen und Gefühle verwirklichen konnte.*

Nach der Hochzeit schreibt Georg II. an seine Mutter:

»Es tut mir leid, dass Du über den Schritt, welchen ich getan habe,
Weh empfinden und Dich an mir ärgern wirst«, wiewohl er auch hin-
zufügt, dass er diese Heirat »… für sein ferneres Lebensglück als un-
entbehrlich betrachte.«[2]
»… Ich schloss diese Ehe, obgleich ich wusste, dass sie gegen Eure
Ansichten verstoßen und Euch Schmerz bereiten werde.
Trotzdem habe ich durch Schließung derselben Euch kein Unrecht
angetan; denn Ihr hattet nicht das Recht, mich mit meinen 47 Jahren
in der Selbstbestimmung zu hindern, welche ich als Mann, Hauschef
und Regent auszuüben berechtigt war.«[3]

Die Freifrau wird sich später erinnern:

Aus dem Brief der Freifrau an die Freundin Eugenie Stötzer[4]:

»17. März 1920

… Heute ist die 47. Wiederkehr unseres ›Polterabends‹ – es war nahe daran, dass Steine gegen meine Fenster geflogen wären – bestellt durch meines Mannes Vater.

Ich habe ihm großes Leid zugefügt, durch meine Liebe zu seinem Sohne, und ich habe ihm seine unritterliche Kampfart gegen mich längst vergeben – es war aber furchtbar, was ich in jener Nacht durchmachte.

In der Frühe des anderen Morgens fuhr ich mit meiner Mutter, die noch kaum zur Besinnung gekommen war, nach Eisenach, setzte sie dort in die Bahn nach Marburg, lief in der Stadt zu drei Juwelieren, um mir und meinem Geliebten die Trauringe zu kaufen, die von dem einen erst noch geschmiedet wurden, und fuhr dann mutterseelenallein in dem furchtbarsten Schneesturm, den ich je erlebt, in drei Stunden nach Liebenstein, wo Er mich erwartete.

Der treue Freund Chronegk holte den Pfarrer Wolff, dessen Zusage, uns zu trauen, der Herzog bereits hatte, und abends – gegen acht wird es wohl gewesen sein – gehörten wir einander fürs Leben.

Der Herzog hatte in einem Zimmer der Villa[5] den Altar selbst hergerichtet, und der gute Mann Gottes war wohl fast so bewegt wie wir.

Er sprach die Worte der Ruth an Naemi[6], und ich brachte unter strömenden Tränen mein ›Ja‹ kaum heraus, während das des Herzogs laut, fest, triumphierend durch den kleinen Raum schallte.

Dann haben wir noch die halbe Nacht Briefe geschrieben, an seine Eltern und Tochter, und er an das Ministerium. Kein Mensch war bei uns.

Da, plötzlich erklang Gesang unter unseren Fenstern, erst leise, dann lauter – es waren Anna Schwenke und Minna Schmidt, die einzigen, denen ich unser Geheimnis anvertraut hatte. Sie waren gekommen, um mit dem alten lieben Liede ›Drum wenn ein Herz du hast gefunden‹, das wir so oft auf Wanderungen zusammen gesungen, mich noch einmal zu grüßen.

Als der Herzog das Fenster öffnete, um ihnen zu winken, verschwanden sie rasch im Dunkel.

Dann sind wir einundvierzig Jahre vereint, nein Eins gewesen, und jetzt bin ich eine arme einundachtzigjährige Frau, wieder allein.«[7]

Abb. 5: Helene (genannt Ellen) Franz, seit 1873 Freifrau von Heldburg

Georg II. wird später auf diesen Tag zurückblicken:

»... Wie glücklich bin ich, mit Dir verbunden zu sein; wie dankbar muss ich Dir sein, mir Dich gewidmet zu haben ...

Vivat 1873! Vivat der 18. März! an dem ich mein Glück gefunden habe.«[8]

Den Hochzeitstag am 18. März feierten der Herzog und die Freifrau alljährlich zu dritt in intimer Runde mit dem Intendanten des Theaters, Ludwig Chronegk. Sehr früh hatte die Freifrau dessen künstlerisches und organisatorisches Talent erkannt. Die großen Ziele und Hoffnungen, welche der Herzog für das Theater verfolgte, standen in Übereinstimmung mit den Vorstellungen und Idealen der Freifrau ebenso wie mit denen von Chronegk. Das war der Schlüssel zu stilbildender Wirkung und zum Welterfolg des Meininger Theaters in jener Zeit. Chronegk hatte nicht nur seit dem Tag der Hochzeit bedingungslos zu dem ungleichen Paar gestanden, sondern er war schon der vertraute Übermittler der Liebesbotschaften in jener Zeit gewesen, als Georgs zweite Gattin noch lebte. So darf der bittere Wermutstropfen nicht verholen bleiben, dass eigenes Glück auf dem Leid anderer begründet wurde.

Aus dem Brief des Vaters, Herzog Bernhard II., an seinen Sohn, drei Tage nach der Hochzeit:

»... Ich muss gestehen, dass ich Dich nicht für zurechnungsfähig halte und dass ich glaube, Du kannst die Regierung nicht fortführen.

Ein Fürst, der so der öffentlichen Meinung ins Gesicht schlägt, und die Sympathien des Volkes absichtlich verscherzt, kann nicht Regent bleiben.

Ein Offizier, der eine solche Heirat einginge, würde von seinen Kameraden gezwungen werden, seinen Abschied zu nehmen.«[9]

Abb. 6: Herzog Georg II. von Sachsen-Meiningen

Der Vater wandte sich umgehend an Kaiser Wilhelm I. mit dem Ansinnen, er möge den Herzog zur Trennung seiner rechtskräftig geschlossenen morganatischen Ehe nötigen beziehungsweise ihn zum Rücktritt auffordern. Der Kaiser hielt sich lange mit der Antwort zurück. Schließlich erörtert er jene Vorstellungen, wie es der Meininger Bundesfürst hätte besser machen sollen:

»... Morganatische Ehen sind unter Fürsten ein zu Recht bestehendes Verhältnis, also nicht verpönt. Die frühere Stellung der Dame, die ein Fürst zu sich erhebt, ist hierbei entscheidend über die Stellung, welche der Dame angewiesen wird und deren Annahme von der Familie und der Gesellschaft man erwarten darf.

Deine Wahl ist auf eine Dame gefallen, die nicht nur eine sehr niedere Stufe in der gesellschaftlichen Stellung einnahm, sondern zum ausübenden Personal des Theaters gehörte und zwar in Deiner eigenen Residenz, ... die man noch vor wenigen Tagen für Geld auf der Bühne gewohnt war, zu sehen ... Du hättest ... nach Deiner Rückkehr Dir eine Häuslichkeit schaffen müssen, ohne irgend Prätentionen für die Dame, in Deiner Familie und in der Gesellschaft, zu stellen, in welcher Häuslichkeit nach Ablauf eines Jahres, wenn Takt und Bescheidenheit von der Dame bewiesen worden wären und man die Überzeugung nach und nach gewonnen hätte, dass Du Dir eine Zufriedenheit geschaffen habest, so würde diese Überzeugung die Brücke geworden sein, jene Zerwürfnisse auszugleichen und Du nun mit Recht für die Dame eine ihr dann gebührende Stellung zu schaffen. Kurzum, was man im gewöhnlichen Leben nennt: es musste Gras darüber wachsen. Nun steht es bei Dir, meine aus meiner tiefsten Überzeugung geschöpften Ansichten und Vorschläge zu prüfen! Gott gebe, dass Du zu der Überzeugung kommst, dass nur so Friede für Dich erblühen kann und samt für Deine Familie und das Land!«[10]

Auch die Mutter des Herzogs war aus Sorge um den Sohn fassungslos. Sie schreibt ihm:

»… Es ist ein hartes Los für mich, dass ich mit allem, was daran hängt, mit allem Hadern und Ungemach dasselbe bei meinem Vater, bei meinem Bruder und nun bei Dir, meinem einzigen, so geliebten Sohn erleben muss!

Ein Trost für mich, dass der Weg zum Grabe mir nicht mehr lange fern bleiben wird; Lebe wohl und glücklich, wenn Du es kannst und sage Dir, dass niemand Dich wahrhaftiger liebt und Dein Seelenheil mehr am Herzen liegt, als Deiner tiefgekränkten Mutter Marie.«[11]

Und wie reagiert die Presse?

»… Der Schrei der Entrüstung, welcher sich der loyalen Brust der meiningischen Untertanen entrang, als sie von der Mesalliance ihres angestammten Herrschers erfuhren, hallt wider von den Thüringer Bergen, und die Kunde von dem Entsetzlichen läuft durch die Weltblätter.

Wenn der Herzog nach der Weise seiner Standesgenossen der schönen Ellen ein verschwiegenes Waldschlösschen eingeräumt und dort mit seinem Liebchen Damon und Cloe gespielt hätte, nicht wahr, ihr lieben Meininger, ihr hättet es lieber gesehen und ganz in Ordnung gefunden? Aber Heirat!

Stürzt zusammen ihr Berge! Bielstein, Donuskuppe, Drachenberg und begrabt unter Euren Trümmern die Stadt samt der Elisabethenburg!«[12]

Herzog Georg II. rechtfertigt seine Entscheidung gegenüber dem Staatsminister Krosik und entlässt diesen aus der Verantwortung:

»… Anfänglich wollte ich mit der Verbindung warten bis zweite Hälfte April. Die Art und Weise aber, wie mein Vater gegen meine Frau losging, ließ mich befürchten, er werde einen Händel herbeiführen …

Um meine Frau unter meinen Schutz zu stellen, beschleunigte ich die Trauung. Niemand ist für meinen Schritt verantwortlich. Ich werde die Verantwortung alleine tragen.«[13]

Erst am 15. Oktober 1873, sieben Monate nach der Hochzeit, kehren Georg II. und die Freifrau wieder in die Residenzstadt Meiningen zurück. Der Herzog wünscht, von den Eltern empfangen zu werden. Der Vater – immer noch in Wut und Zorn – weist ihn schroff ab:

»Geh mir aus den Augen, ich kann Dich nicht sehen«.[14]

Zwei Jahre nach der Hochzeit bittet Georg II. seinen Vater erneut um eine Anbahnung zum gesellschaftlichen Frieden. Seinem väterlichen Freund, Professor Karl Werder, schreibt er darüber:

»… Ich sprach aus, dass ich nicht ganz glücklich sein könne, solange die Eltern meiner Ehe den Segen versagten und bat, durch einen solchen Schritt den vollen Frieden zwischen uns eintreten zu lassen. Gleichzeitig bat ich schriftlich meine Mutter unter Appellation an ihre mütterliche Liebe, bei meinem Vater ein gutes Wort einzulegen.

Von meiner Mutter erhielt ich keine, von meinem Vater aber, nach fünf wöchentlichem Harren, eine abschlägliche Antwort, die wenn auch in ein freundliches Kleid gehüllt, doch folgende Sätze enthält:

Wie kann ich Deinen morganatischen Ehebund segnen, da ich damit in krassesten Widerspruch auch meiner Überzeugung treten würde. Ich habe die Ansicht, und das ist meine innigste Überzeugung, dass Deine Heirat mit Frau von Heldburg ein großes Unglück ist für Dich, für unsere Familie sowie für das Land … «[15]

Das Herzogspaar litt zeitlebens unter Demütigungen und Verunglimpfungen seitens der Aristokratie. Die adligen Offiziere schlugen Einladungen des Herzogs aus. Außerdem weigerten sie sich, den obersten Dienstherrn zu grüßen, wenn die Freifrau an seiner Seite war.

Besonders in der ersten Zeit der Ehe krankte die Freifrau seelisch an diesem Martyrium. Die über allen Widerwärtigkeiten stehende Liebe und Parteinahme des Herzogs für seine Frau sowie das unermüdliche gemein-

same Wirken für die Kunst, vor allem für das Theater, ließen dieses Paar
zu einer lebenden Legende werden.

Notiz der Freifrau:

»Tolstoi sagt in seinem Tagebuch: ›Des Menschen Arbeit ist, die Liebe
in sich zu steigern.‹ Ich kann sagen: mein Streben war das, solange ich
denken kann.«[16]

Abb. 7: Ellen Franz als Lenore aus «Tasso«, Gemälde von O. Begas

Hof ferner Rückzugsort

Die Instandsetzung der Veste Heldburg war für Georg II. das erste größere bauliche Unternehmen nach der Hochzeit. Mit der Wiederherstellung der verkommenen Burganlage zum romantischen Bergschloss wollte der Herzog sowohl ein hof fernes Refugium des persönlichen Glücks als auch eine eventuelle Wohnmöglichkeit für die Freifrau schaffen für den Fall, dass sie ihn überleben würde. Wer hierher eingeladen wurde, gehörte zu einem erlesenen Personenkreis: Künstler, Geistesschaffende, Intellektuelle, vertraute Freunde und Verwandte.

Abb. 8: Veste Heldburg

Die Freifrau in einem Brief an Ernst Haeckel:

»Zu dem Wertvollsten, das mir die Vereinigung mit meinem Gatten im Leben gebracht, gehört meine Anteilnahme an seinem Bekanntwerden mit den ›Besten seiner Zeit‹.«[17]

Begeistert berichtet der Herzog Pfingsten 1877 dem Freund Karl Werder:

»Wir residieren also hier auf der Heldburg, der sogenannten ›Fränkischen Leuchte‹. Ich ließ diese Burg, oder eigentlich Bergschloss, im vergangenen Jahre soweit restaurieren, dass es jetzt möglich ist, hier zu wohnen …

In vergangenen Jahren war ich nicht hier gewesen, um die Arbeiten zu inspizieren, und war daher aufs aller angenehmste überrascht, die Restauration so ganz in meinem Sinne und manches schöner zu finden, als ich es mir gedacht hatte.

Wir bewohnen den schönsten Teil der Veste, den sogenannten Französischen Bau, der gegen 1580 im Renaissancestil erbaut wurde …

Am Sonntag findet unter der Burg, im sogenannten Hain … ein großes Volksfest statt, das ich 17 Gemeinden gebe. Es wird, wenn das Wetter günstig ist, wie es den Anschein gewinnt, einen Zusammenfluss von vielleicht 10 000 Menschen geben … 1000 junge Burschen und Mädchen spielen mit 4 Musikchören auf und werden tanzen. An dem Tanz wird eine Kapelle von 82 Personen spielen, abwechselnd mit Gesangsaufführungen, Vorträgen und Vorstellung komischer Herren. Eine Gemeinde wird eine Kirmes darstellen.

Der ganze Waldplatz wird mit Girlanden und 3 ½ Meter langen Papierschleifen geschmückt, von denen die Heldburgerinnen mit von mir ihnen verschafftem bunten Seidenpapier gegen 400 fabriziert haben. Alles freut sich enorm darauf.«[18]

Einladung der Freifrau an den früheren Erzieher und väterlichen Freund des Herzogs, Professor Moritz von Seebeck (1880):

»Herzlich verehrter Herr!
Der Herzog hat mir aufgetragen, Ihre Exzellenz zu bitten, ihn im Laufe des Sommers auf der Veste zu besuchen. Er würde sich von ganzem Herzen freuen, Ihnen die schön restaurierte Burg mit der lieblichen Umgebung zu zeigen und hofft, dass ein recht langes, ruhiges und gemütliches Verweilen dort mit uns auch Ihrer Exzellenz gewiss recht zuträglich sein würde.

Die Luft auf jener Höhe ist so mild und lieblich, der Umstand, dass die Eisenbahn nicht bis in jene Gegend geht, einem ungestörten freundschaftlichen Zusammenleben so günstig, dass der Herzog sich keinen lieberen Ort für ihren willkommenen Besuch denken könnte. Er trägt mir tausend herzliche Grüße an Ihre Exzellenz auf. Ihre herzlich ergebene Ellen von Heldburg.«[19]

Auf der Veste Heldburg fanden des Öfteren festliche Veranstaltungen statt, die den Bewohnern der Umgegend viel Freude und Vergnügen boten.
Der Herzog hatte dereinst die Veste Heldburg als Namenspatronin für die Freifrau gewählt. Mit den verschiedenartigen Feierlichkeiten wurden seiner Frau Ehrung und Anerkennung zuteil. Vom großen Lichterfest 1881 teilt sie darüber mit:

»… Meinen Geburtstag hat der Herzog noch solonell … gefeiert, die Musik der Regimenter 95 und 32 kommen lassen, die mir ein Ständchen brachten, dann zur Tafel musizierten und schließlich Abends in dem feenhaft mit über 3000 Lämpchen erleuchteten und von 4 – 5 Tausend Menschen besuchten Hain ein herrliches Doppelkonzert losließen.

Der Herzog hat dafür gesorgt, dass die ganze Gegend zeitlebens an den 30. Mai denkt.«[20]

Über die Landwirtschaftsausstellung im August 1886 berichtet die Freifrau an Ludwig Chronegk:

»... Sie wissen doch, dass wir vor Liebenstein noch zwei Tage nach der Heldburg müssen, weil ich auf Wunsch meines gnädigsten Gemahls sowie auch des Ministeriums die Protection über die in Heldburg abzuhaltende Landwirtschaftsausstellung übernommen habe.

Am 4. ist das Götterfest, bei dem auf des Herzogs Kosten die Militärmusik von Meiningen und Hildburghausen nachmittags im Hain konzertieren wird ... Am 4. Vormittags stellen sie sich also meine Wenigkeit vor (hoffentlich unter einem Bretterdach) in schönstem Putz, es mag nun regnen oder die Sonne scheinen, holdlächelnd dem Vorbeimarsch der prämierten Tiere für 1. Bullen, 2. Kühe, 3. Jungvieh, 4. Kälber, 5. Schweine, 6. Schafe, 7. Hühner, 8. Bienen. Nachher ist dann ein Volksfest im Hain mit obligaten Bratwurstständen, von denen der Duft, gleich Opfergerüchen, ein leichtes Gewölke aufsteigen wird. Der Herzog und sein Jüngstgeborener behaupten, das sei der schönste Parfüm, den man sich denken könne ... [21]

Erwartungen gegenüber der kaiserlichen Familie

D*er älteste Sohn Georg II., Erbprinz Bernhard, heiratete 1878 Prinzessin Charlotte von Preußen, die Schwester des späteren Kaisers Wilhelm II. Die Freifrau durfte angesichts des hohen Ranges der Schwiegertochter ihres Gatten, welcher diese selbst mit ›Königliche Hoheit‹ anzureden hatte, nicht auf Akzeptanz rechnen, hoffte aber wenigstens auf Höflichkeit.*

Aus dem Brief der Freifrau an Karl Werder:

»*3.3.1878*

… Es täte mir für den Herzog schrecklich leid, wenn die Prinzess Charlotte auffällig unfreundlich gegen mich wäre – gefasst bin ich aber darauf, und sage mir und ihm immer: wir müssen keinen <u>zu</u> großen Wert darauf legen und vor allen Dingen, uns nicht von dem abhängig machen, was Andere tun. Ich will sehr froh sein, wenn sie anständig höflich gegen mich ist – auf Freundlichkeit dürfen wir, meiner Ansicht nach, gar nicht rechnen, dazu sind die Verhältnisse nicht angetan …

Übrigens, der schlechteste Einfluss, das ist meine feste Überzeugung, geht von (der Mutter) Herzogin Marie aus, und dem gegenüber stehen wir ganz machtlos. Denken Sie nicht, dass sie die neue Enkelin hier in ihren mütterlichen Arm schließen und mit Tränen und Seufzern und Jammer über das Unglück ihres armen Sohnes und über seine Verblendung, sie beschwören wird, sich vor dieser schrecklichen Person, der sogenannten Baronin Heldburg, zu hüten und so kalt wie möglich gegen sie zu sein und sich fern zu halten?! …

Ich bin wehrlos und mein Mann ist es auch … Nein, Bester glauben Sie mir, ich werde verachtet werden von Allen, auf die die Mutter meines Mannes Einfluss hat … – Mein Heil liegt nicht darin, von irgendeinem Gliede der Familie meines Mannes auch nur das Geringste Gute für mich zu erwarten, sondern darin, mein Glück und meine Zufriedenheit mir von ihrem Urteil unabhängig zu machen.

Es klingt wie eine Phrase, es ist aber gar nicht so, wenn ich sage. Ich bin in Mitte all dieser Verdächtigungen und Verleumdungen verloren, wenn ich nicht größer bin als sie.

Denken Sie nur Liebster, wie ich bitter und erbärmlich werden müsste, wenn ich mir nicht fortwährend sagte – Du stehst vor Dir selbst zu hoch, als dass Dich jemand, den Du nicht liebst, wahrhaft kränken könnte.

Höflichkeit wird der Herzog von seiner Schwiegertochter für seine Frau hoffentlich erreichen, sei es nun durch moralische Gewaltmittel, wenn er auf mehr rechnet, dauert er mich, wegen der Enttäuschung, die er erleben wird.«[22]

Die kühle Distanz der jungen Gemahlin des Meininger Erbprinzen gegenüber der Freifrau entsprach der Verpflichtung ihrer hohen Geburt, doch ein späterer Briefwechsel der beiden Frauen deutet darauf hin, dass es an der erwünschten Höflichkeit nicht mangelte.

Sieben Jahre nach der Hochzeit, noch als preußischer Thronanwärter, schreibt der spätere Kaiser Wilhelm II. an Georg II.:

»… Ich bin so froh, dass sich die Meininger Verhältnisse endlich wieder gut gestaltet haben, ich weiß von Werder alles und gratuliere Dir und Deiner armen Frau, dass den Leuten endlich die Lichter aufgegangen sind.

Du weißt von Werder, dass ich schon seit langer Zeit alle neuen Freuden und Leiden im Stillen mitgefühlt habe und vollkommen weiß, wie niederträchtig von Dir gedacht und gesprochen wurde, dass ich nicht dazwischen konnte, tat mir weh, aber es ging nicht, geht auch jetzt noch nicht, dass ich Dir und den Deinen vollkommen ergeben bin, brauche ich kaum zu wiederholen; und wenn es einmal später in meinen Kräften stehen sollte, was andere unrecht taten, wieder gutzumachen, mein Wort darauf, es soll geschehen …

Wilhelm.«[23]

Abb. 9: Georg II., Pastell Franz von Lenbach

Endlich erste Schritte

Die geäußerte Großmütigkeit der Eltern, keine Einwände gegen eine Beisetzung der Freifrau in der herzoglichen Familiengruft im Todesfalle zu hegen, wollte der Herzog nicht in Anspruch nehmen. Bereits sechs Jahre nach der Hochzeit erwarb Georg II. einen Begräbnisplatz auf dem städtischen Friedhof in Meiningen.

Am 25. November 1879 schreibt er an seinen Freund Karl Werder:

»... Ich habe selbstverständlich das Recht, von den einzelnen Gliedern meines Hauses die Duldung des Sarges meiner Frau an einem Orte zu beanspruchen, an welchem beigesetzt zu werden, sie keine Ansprüche hat.

Niemand kann das lebhafter fühlen als meine Frau selbst, die sich überhaupt vom ersten Tage unserer Verheiratung an der rechtlichen Natur unserer Ehe klar bewusst gewesen ist.

Meine Frau ist meine Frau, gehört aber ebenso wenig wie im Leben so nach ihrem Tode, juristisch genommen, zu meinem fürstlichen Hause.

Gott verhüte, dass noch ihr Sarg dereinst Grund zu Streit und Ärgernis gebe und vor dieser Eventualität kann sie und mich der Verzicht meiner Eltern nicht sicher stellen.«[24]

Die unliebsamen Querelen innerhalb der Familie wichen nur zögerlich einer Aussöhnung. Im Sommer 1880 kann der Herzog endlich mit Erleichterung dem vertrauten Freund Ludwig Chronegk schreiben:

»Heute 12 Uhr Mittag, macht meine Frau meinen Eltern ... einen Besuch«[25]

Einige Zeit später wurde der Vater des Herzogs ernsthaft krank, vermutlich erlitt er einen Schlaganfall. Die Freifrau berichtet dazu an den Freund Karl Werder:

»Es ist ein großes Glück für beide Teile, teurer Freund, dass Seebecks voriges Jahr eine Versöhnung zu Wege gebracht haben. So war es meinem Mann möglich, seinen Eltern jetzt ein recht großer Trost und wirkliche Stütze zu sein, da sich sein Vater während des Winters an seinen täglichen Besuch gewöhnt hatte und es ihn gar nicht aufregte. Sie sind jetzt sehr gut und zärtlich mit ihm, und glaube ich, dass das Verhältnis jetzt ein besseres ist als seit langen langen Jahren. Ich habe den alten Herrn natürlich nicht gesehen, aber er soll ganz freundlich von mir sprechen und die Herzogin hat mich neulich zu sich kommen lassen und war wirklich herzlich gut. Prinzessin Moritz[26] war ja schon vorigen Sommer sehr nett und gut und ist es auch geblieben.«[27]

Wenige Jahre später bietet die Mutter Georgs II. der ehedem so verachteten Schwiegertochter an, im Todesfalle des Herzogs das sogenannte ›Kleine Palais‹ in Meiningen zu beziehen. Die Freifrau lehnte jedoch dankend ab. Georg schreibt an die Mutter:

»Im Auftrage meiner Frau soll ich Dir sehr danken für Deine liebevolle Absicht hinsichtlich ihres Wohnens im kl. Palais als Witwe. Sie könne dies aber nicht annehmen, da sie nicht das Recht habe, in einem Fideokommisshaus[28] zu wohnen, sowie ich nicht mehr lebe.

Sie bittet, dass dies meinem Nachfolger bekannt werde, damit er nicht etwa fürchten müsse, dass sie ihm einmal aufliege.

Sie will absolut nicht!«[29]

Abb. 10: Freifrau von Heldburg, Pastell Franz von Lenbach

Aus Vorsorge für die fernere Zukunft

Als unebenbürtige Gattin des Herzogs hatte die Freifrau von Heldburg adelsrechtlich keinen Anspruch auf Versorgungsleistungen des herzoglichen Hauses. Aus Fürsorge für die geliebte Gattin wie auch hinsichtlich seines eigenen Begräbnisses trifft Georg II. schon 24 Jahre vor seinem Tode, am 11. März 1890, testamentarische Festlegungen.

Auszug aus dem Codicill:

»Meinen geliebten Kindern lege ich ans Herz, liebevoll meiner Frau, der Freifrau von Heldburg begegnend, ihr die Existenz als Witwe zu erleichtern und stets sich zu erinnern, welch unaussprechlichen Dank ich ihr schulde, für mein an ihrer Seite gefundenes eheliches Glück. Meinen Nachfolger verpflichte ich

1. das meiner Frau aus der Hofkasse jährlich in Höhe von 10.800 Mark zugeflossene Nadelgeld bis an ihr Lebensende in monatlichen Raten von 900 Mark fortzahlen zu lassen.

Ich zweifle nicht, mein Nachfolger werde diese Verpflichtung gerne erfüllen auch im Hinblick darauf, dass es unserem Hause zur Unehre gereichen würde, wäre meine Witwe nur auf die Zinsen ihres nicht hohen Kapitalvermögens angewiesen …

2. Meiner Frau noch ein halbes Jahr nach meinem Tode die von uns gemeinschaftlich innegehabten Räume im hiesigen Schlosse zu belassen …

3. Meiner Frau ein für alle Mal Hofequipage zur Verfügung stellen zu lassen, wenn sie im Herzogtum Meiningen weilt.

Meine über alles geliebte Frau bitte ich aber inständigst, obige Zuwendungen, wenn damit auch Ihrem Stolz zu nahe getreten werden sollte, nicht von der Hand zu weisen, welche vielmehr anzunehmen und darin ein Zeichen meiner Liebe erkennen zu wollen.

Ich bestimme ferner, dass meine Frau als Witwe nicht unter dem Chef des Herzoglichen Hauses stehen soll. Sie soll vielmehr mit dem Rechte uneingeschränkter Selbstbestimmung leben können wie und wo sie will.

Ich bemerke hier, dass über den Platz, wo meine Frau und ich begraben sein wollen, eine von mir verfasste letztwillige Verfügung vom 6ten Februar 1880 im Geheimen Archive des Staatsministeriums liegt, welche ich ausdrücklich anerkenne … Mein Nachlass ist nicht zu versiegeln.

Ich will in dem Anzuge, in dem ich sterbe, es sei Uniform, Civil oder Nachthemd, in den Sarg gelegt sein; das heißt: Ich will nicht als Leiche noch angezogen werden.

Eine Ausstellung meiner Leiche soll unterbleiben.

Seciert will ich nicht sein.

Bei meinem Leichenbegräbnis soll keiner meiner Orden mitgeschleppt werden.

Meiningen, 11. März 1890
                    Georg, Herzog von Sachsen-Meiningen« [30]

Da die Freifrau adelsrechtlich kein Mitglied des herzoglichen Hauses war, stand es ihr als Witwe nicht zu, im Residenzschloss Elisabethenburg in Meiningen oder in den anderen Besitzungen zu wohnen.

Für die Veste Heldburg schuf Georg II. mit einer testamentarischen Festlegung eine Ausnahmeregelung, durch die er die privaten Einrichtungsgenstände seiner Frau in der Freifraukemenate bis an ihr Lebensende unangetastet belassen und ausschließlich zu ihrer Verfügung stehend wissen wollte. Das setzte unbeschrieben voraus, dass ihr ein Zugangsrecht gewährt sein sollte:

»Ich bestimme, dass alle Gegenstände, welche auf der Veste Heldburg zur Möblierung und Ausstattung derselben sich befinden, auf derselben zu verbleiben haben, diejenigen ausgenommen, welche nach dem Inventare der Veste zum Hausfideikommiss gehören, und die, welche Eigentum meiner Frau sind.

Ich erkläre, dass alle Möbel und Gegenstände, welche während meinen Lebzeiten in die Kemenate gekommen sein werden, Eigentum meiner Frau sind.«[31]

Abb. 11: Veste Heldburg, Freifraukemenate

Wohlwollen, Zuneigung und Güte

Zur Silberhochzeit begab sich das Herzogspaar auf Reisen. Eine Feier im Herzogtum wäre mit der Hofetikette nicht zu vereinbaren gewesen.

Die Freifrau dankte brieflich für die überaus zahlreichen Glückwünsche, darunter auch dem Meininger Landtag:

»Cap Martin, 29.3.1898

Hochgeehrte Herren!

Sie haben durch die schöne Glückwunschadresse, die soeben in des Herzogs Hände gelangt ist, auch mir eine solche Freude des Herzens bereitet, dass ich es mir nicht versagen kann, mich mit dem Ausdruck derselben direkt an Sie zu wenden.

Ich bin dankbarer, als ich es in Worten ausdrücken kann, dass die Zeichen von Wohlwollen, Zuneigung und Güte, die dem Herzog an diesem Tage in so reichem Maße zugegangen sind, auch mir mit gegolten haben, und wie könnte es auch anders sein?

Es war ein gewagter Schritt, den wir vor 25 Jahren taten, unwiderstehlich von unseren Herzen dazu getrieben, uns aber keinen Augenblick verhehlend, was für uns auf dem Spiele stand:

für den Herzog eine Einbuße an Liebe in der Familie und an Wertschätzung und Ansehen in seinem Lande, und für mich das nicht ausdenkbare Unglück, dies auf dem Gewissen zu haben.

Ermessen Sie hieraus das jetzige Glück:

Die Eltern sind versöhnt mit unserem Bunde aus der Welt geschieden, die Kinder haben mir in herzlichen Worten gedankt für das Glück, das ihr Vater in mir gefunden hat.

Sie, die Vertreter seines geliebten Landes, haben mir durch Ihren Glückwunsch bestätigt, dass ich nicht zu fürchten brauche, man halte unsere Verbindung für einen Unsegen; und Städte, Korporationen, sowie viele Hunderte Einzelner haben sich beglückwünschend an dem Feste beteiligt, das wir soeben gefeiert haben.

Nicht wahr: Sie fühlen, wie innigsten Dankes voll unsere Herzen sind? Seien Sie gesegnet für den großen Teil, den Sie, hochgeehrte Herren, an unserem Glücke haben!

Ich werde es Ihnen bis zu meiner letzten Stunde gedenken.«[32]

Abb. 12: Silberhochzeit 1898

Resümierend schreibt Georg II. an seinen vertrauten Freund Karl Werder
anlässlich seines 25-jährigen Regierungsjubiläums:

»Wenn ich auf die 25 Jahre zurücksehe, die gestern verflossen sind, kann ich mit meinem Geschicke zufrieden sein, besser als mit mir selbst. Das Beste, das mir aber in der Zeit geworden ist, ist der Besitz meiner Frau. Gott erhalte sie mir!«[33]

Konsequenzen des Herzogs nach dem Wortbruch des Kaisers

Kaiser Wilhelm II. hat sein Wort gebrochen, mit dem er die offizielle Anerkennung der Freifrau in Aussicht gestellt hatte. Brüskiert von dem Verlangen des Kaisers, der Freifrau von Heldburg anlässlich seines vorgesehenen Besuches nicht begegnen zu wollen, ist Georg II. nicht mehr bereit, den Kaiser zu empfangen.

Konsequenzen aus den zahlreichen herben Enttäuschungen durch die Aristokratie spiegeln sich in einer Ergänzung seines Testamentes wider:

»Letztwillige Bestimmungen, mein Begräbnis betreffend

Meiningen, den 3. Februar 1900

1. Wie meine Söhne wissen, kaufte ich von hiesiger Stadt auf dem Friedhofe einen Begräbnisplatz für meine Frau und mich. Auf diesem Platze will ich begraben sein.

2. Gegenüber dem Gebrauch der Höfe, sich an der Leichenfeier befreundeter Fürsten zu beteiligen, bestimme ich hierdurch, dass Seitens meines Nachfolgers, unter Berufung auf diesen meinen letzten Willen, jegliche Beteiligung derselben mit Dank abgelehnt werde.
Diese meine Bestimmung bezieht sich auf alle fürstlichen Personen oder deren Vertreter, ohne Ausnahme, selbst der Seiner Majestät des Kaisers, sollte dieser mir etwa eine solche Ehrung zugedacht haben.
Dieser meiner unzweideutigen Willensmeinung gewissenhaft nachzukommen, mache ich meinem Nachfolger zur besonderen Pflicht.

3. Ich wünsche, dass meine Orden mir nicht nachgetragen werden.

4. Den Magistrat der Stadt bitte ich, von jedwedem Kosten verursachenden Trauerschmuck der Straße abzusehen.

gez. Georg, Herzog von Sachsen Meiningen«[34]

Über allem steht die Liebe

Im Zusammenspiel von Herrschaftsanspruch und Machtausübung, künstlerischem Schaffen und sozialem Engagement nahm die Liebe zwischen Georg II. und der Freifrau von Heldburg zu allen Zeiten den zentralen Platz ein. Sie war gewachsen und gereift in der gemeinsamen Leidenschaft, dem Eifer wie auch in den Leistungen – vor allem für das Theater – und beflügelt vom Erfolg. Sie gab dem Paar die Kraft, allen Anfeindungen und Bösartigkeiten zu widerstehen.

Gesundheitliche Beeinträchtigungen des Herzogs in den späteren Lebensjahren wie auch bei seiner um 13 Jahre jüngeren Gattin bedingten Kuraufenthalte an unterschiedlichen Orten. Der Herzog litt unsagbar unter jedesmaliger Trennung, und die Sehnsucht nach der Freifrau zermarterte ihn. Leidenschaftlich bewegt war seine Sorge um ihr Wohl. Für ihren Gatten ging die Freifrau in tiefer Liebe, Fürsorge und Dankbarkeit auf.

Täglich schickten sie einander Briefe und Depeschen, in denen sie Nachrichten über ihr gesundheitliches Befinden beziehungsweise über ihre Leiden austauschten. Die mitunter acht bis zehn Seiten umfassenden Briefe nutzten sie für die aktuelle Information über Angelegenheiten und Entscheidungen hinsichtlich des Theaters, der Regierung, der Familie und des öffentlichen Lebens.

Legendär sind die gegenseitigen Liebeserklärungen und die Hingabe des einen für den anderen. Die Briefe sind geschmückt mit Worten inniger Gefühle, zärtlicher Liebkosungen und abgöttischer Verehrung.

Abb. 13: Der Herzog und die Freifrau am Klavier

Aus dem Brief des Herzogs an die Freifrau:

»Altenstein[35], 3.8. 1893

Herzliebes Mumimunnie!

… Nicht zusammen zu sein, ist recht garstig. Deine leere Stube, Dein leeres Bett wollen mir gar nicht gefallen und machen mich wehmütig. Gott Lob, sind wir an Getrenntsein nicht gewöhnt! Wir wollen aber uns auch gar nicht daran gewöhnen, gelt? Sondern zusammen bleiben. – Dir scheint's ähnlich zu ergehen, wie mir, Dir gefällt's ohne Deinen Munne auch nicht …

Ich möchte 1000erlei Kleinigkeiten Dir sagen, die man, wenn man kritzelt, nicht aufs Papier bringt. Das will und muss ich Dir aber sagen, dass Du mir das Liebste auf Erden bist, dass ich Dich immer lieber bekommen habe, wenn das möglich war, je länger wir zusammen lebten – wenigstens ist es mir so, als müsste es so sein, wenn ich mir auch kaum vorstellen kann, dass ich Dich mehr lieben könnte als zu Anfang. Ohne Dich kenne ich kein Glück … Auf glückliches Wiedersehen. Möchtest du schließlich gut gut schlafen Herzli. Du denkst an Deini wie ich an Meini, feurig, Deini.«[36]

Aus den Briefen des Herzogs innerhalb des Hauses an die fieberkranke, in Quarantäne gehütete Freifrau:

31.12.1904

Geliebte! Es ist mir so wehmütig, dass es mir nicht vergönnt ist, am Ende dieses Jahres mit Dir sein zu können, und wird's mir schlecht zu Mute sein, bis wir wieder vereint sind! ›Ohne Dich ist kei Freud!‹ das trifft haarklein bei mir zu. Ohne Dich kann ich nicht leben, Du mein ganzes Glück hienieden!

Ich hab früher, wenn ich alte Ehepaare sah, gedacht, na, sie müssen sich doch recht gleichgültig geworden sein; bei mir trifft es nicht zu, dass Du mir weniger lieb geworden wärst. Ich liebte Dich zur Zeit unserer Heirat so, als wär ich in den 20er Jahren und jetzt lieb ich

Dich noch gerade so wie zur Zeit unserer Heirat, als ich nahe an 47 Jahren war, vor bald 32 Jahren …

So gerne, so schrecklich gerne säh ich mein Lieb am letzten Abend des Jahres noch einmal.

Möge es ein nicht quälender Abend für Dich sein und Du ins neue Jahr besser hinein schlafen als in den letzten Nächten. Mein Alles, ich dank Dir auch für alles, was Du für mich bist, für mich tust, für mich denkst, für Deine Gedanken an mich, für Alles.

Ich möchte Dir so recht eindringlich merken lassen, wie ich Dich liebe, wie ich Dir dankbar bin, und finde keine rechten Worte, um mein in Dich Aufopfern Dir zu schildern, Du mein Innigstes.«

»Am Neujahrsmorgen

Allerliebstes Lieb!

Zum neuen Jahr alles Glück, und für weiter als dieses Jahr hinaus der Wunsch, wir möchten noch lange zusammen bleiben und dann zusammen sterben! …

Ade mein Alles, Ewig Dein. Georg!«[37]

Aus Briefen des Herzogs an die Freifrau:

»Altenstein, 21.8. 1907

Mein Alles,

… Soeben bin ich durch Deine verlassenen Zimmer gegangen und ist's mir so jämmerlich ums Herz! O Mume … ! Das ganze Haus ist ob Deiner Abwesenheit betrübt, hat Dich doch alle Welt, die Dich kennt, lieb! Was bist Du aber auch für ein Mensch. Du bist das seltenste Wesen, das ich je kennengelernt habe und hast ein Herz wie pures Gold, das für Alle aufs wärmste schlägt, die um Dich sind. Du mein Alles, mein Herzlieb, mein Glück. Du meine Lebensverschönerin, Du, ohne welcher ich nicht leben möchte!

Ade mein Alles! … «[38]

Villa Carlotta[39], 14.5.1908

Mein liebstes, wundergutes Munnele!

… Ich kann mir jetzt wirklich gut vorstellen, wie es Jemand, der hingerichtet werden soll, (aufgehängt), sich dabei anständig zu benehmen, denn trotz meiner Indignation, bei jeder Gelegenheit gerührt zu sein und Tränen zu vergießen, hab ich – und weiß Gott, ich bin stolz darauf – es fertig bekommen, bei unserem Abschied trockenen Auges zu bleiben, wie ich Dir versprochen hatte. Deine ungeheuere geistige Kraft, mit der Du Dich beherrschen kannst, hat mir auch imponiert … Dein so unaussprechlich liebes süßes Gesicht sah mich, als wir im letzten Moment uns küssten, so himmlisch wonniglich liebevoll an, das ich noch jetzt die lieblichste Empfindung daran habe, Dir über alles geliebter Schatz, Du mein Alles Du! –Oh möge doch die Kur Dir gut tun und wir uns nach öden 6 Wochen so gesund wiedersehen, wie es menschenmöglich ist!!!! Weißt Du denn wirklich, wie ich Dich liebe?

… Du könntest jetzt auf einmal hinter mir leise ins Zimmer herein kommen und mir so lieb gute Nacht sagen!!! O Mume, 6 Wochen sollen wir uns nicht sehen! 6 Wochen! Schauderhaft! Aber wie gerne will ich Dich, mein Herzenslieb missen, wenn die Kur und Nachkur Dir nur schöne Linderung bringt. Schlaf, schlaf, schlaf heut Nacht, damit Deine armen Nerven ausruhen können und ruhe Dich am Tage im ruhigen Villach schönstens aus! Gut Nacht, Herzenslieb. Gehe es Dir gut und möchten alle guten Geister, gäbe es welche, Dich beschützen. Ewig Dein.«

»16.5.1908

… Es ist miserabel öde hier ohne Dich. Alle Blütenbäume trauern mit uns, denn sie werfen fast alle ihre Blätter von sich aus Betrübnis, dass Du, die Du trotz fast 69 Jahren immer der Clou – die Poesie umworbene Gestalt bist und bleibst, nicht mehr hier bist … Sei umschlungen, meine Liebe! Ewig Dein! … «[40]

45

Wegen ihres Leber-und Galleleidens suchte die Freifrau alljährlich Besserung durch eine Kur in Karlsbad mit anschließender Nachkur auf der Salet Alp[41] oder anderen Ortes. Da in diese Zeit ihr Geburtstag (30.5.) fiel, empfanden beide die Trennung umso schmerzlicher.

Aus dem Brief der Freifrau an den Herzog:

»Karlsbad, 28.5.1908

Geliebter,

Du sollst an meinem armen alten Geburtstage einen Liebesbrief von mir erhalten, wenn ich es ermöglichen kann, das heißt, einen, in dem nur von Liebe steht, mit höchstens noch ein paar Nachrichten, von denen Du nie genug kriegen kannst.

Also ich fange mit Dank an, Geliebter, wie ich von Dankgefühlen erfüllt bin. Dank für Deine Liebe und jede Äußerung derselben. Sie ist es ja, die seit 40 Jahren meinem Leben den Inhalt gibt, wie ich mir zum Glücke bewusst bin, nur Dir und Deinen Interessen gelebt zu haben.

Es ist sehr schön, auf 40 Jahre Liebe zurückblicken zu können, und allen Meinungsverschiedenheiten und durch Alter und Krankheit bedingten ungeduldigen Worten … gegenüber sich dieses festen Lebensgrundes freuen zu können.

Ich bin Dir oft nicht recht gewesen (wie konnte es auch anders sein bei der Verschiedenheit unserer Naturen) trotzdem ich immer danach gestrebt habe, mir Deine Liebe zu erhalten.

Darum macht es mich auch glücklich, wenn ich aus irgend einer Tat, aus irgend einem Worte sehe, ich <u>habe</u> sie noch, sie ist auch in Dir trotz allen Ärgerlichsein auf mich noch der Grund unserer Ehe.

Sie wird es nun auch noch bis zum Schlusse bleiben?

Manchmal denke ich, die Trennung, die uns beiden so hart scheint, hat auch ihr Gutes. Man reibt sich nicht aneinander, das Wesentliche in unserem Leben steht ungetrübter vor unserer Seele …

Leb wohl Geliebter, … behalte lieb, lieb, lieb Deine dumme, alte, kranke, arme, in Dir so reiche Frau.«[42]

Aus dem Brief des Herzogs an die Freifrau:
»Villa Carlotta, 26.5.1908

Mein herzliches Munnele!

Es ist, seit dem wir verheiratet sind, das erste Mal, dass wir Deinen lieben Geburtstag nicht zusammen verleben und dass ich Dir, mein Alles, aus der Ferne Glück wünschen muss, statt Dich umarmend bei Dir. An dem schönen, liebsten Tage nicht mit Dir sein zu können, ist hart. Wenn ich aber denke, dass Deine Kur Dir Linderung Deiner Leiden bringen wird, entsage ich mit Fassung dem Glück, an dem lieben Tage an Deiner Seite zu sein und stelle mir vor, wie Du nach Rückkehr aus der 6-wöchigen Kur Entfernung Dein Leben wieder genießen wirst und wie glücklich wir dann zusammen sein wollen. Geliebte! … Was wünsche ich Dir nicht alles! Lauter Gutes: Glück, Heil und Segen, eigene und meine Gesundheit, denn letztere gehört nun einmal auch zu Deiner Seelenruhe, ein wundervolles Nachtlager der so anstrengenden Kur, keinen Grund zur geringsten Aufregung, nach und nach Befreiung von der Dich und Deine Nerven so schrecklich plagenden Schmerzen in Leber, Gallenblase, Kopf und Fuß, Vergehen der lästigen Krampfadern, dagegen Einziehen von Wohlgefühl und ganz besonders von Lebensmut, auch Optimismus. Ja, mein Herzensschätzi, es wird schon werden. Du bist im Verhältnis zu Deiner so überaus zähen Natur mit 69 Jahren noch jung und wird sich schon alles wieder einstellen … Du meine Geliebte, welch Glück wird dann darüber auch in mich einziehen, da ich Dich seither so leiden und mir das Herz darüber oft brechen wollte. Mein Alles … «[43]

Aus dem Brief der Freifrau an den Herzog:

»Karlsbad, 28.5.1908

Mein gutes Munnele!

Eben habe ich, schon! Deinen Geburtstagsbrief bekommen … Dieser ist nun <u>zu</u> lieb und gut und ich küsse Dich in Gedanken innig dafür.

– Du weißt doch, an <u>meiner</u> Stelle hinter Deinen guten Ohren …

Deine Blumen, d.h. der prachtvolle gelbe Jasmin und Jelänger-Jelieber sind angekommen und haben mir <u>große</u> Freude gemacht, weil Du Dir aus dem Versenden von ›Unkraut‹ doch sonst nicht so viel machst?

Nun erwarte ich noch die Orangenblüten! Siehst Du, ich kann gar nicht aufhören mit danken …

Gute Nacht, Munnele, möchtest Du gut schlafen und wohl, wohl sein!!!!!

Bis zuletzt, Deini, Dein liebevoller Deini«[44]

Aus Briefen des Herzogs an die Freifrau:

Am Vorabend Deines Geburtstages 1908

Geliebte,

unsere Gedanken werden sich jetzt begegnen, denn sicher denkst Du jetzt auch hierher und sehnst Dich nach mir wie ich mich nach Dir! Ja, mein Alles, an Deinem Geburtstage voneinander getrennt zu sein ist hart, hart, hart. Doch hoffe ich, du mögest morgen wenigstens glückliche Augenblicke haben, wenn Du merkst, dass ich für Dich gesorgt habe … Ewig Dein … «[45]

Aus dem Brief des Herzogs an die Freifrau:

»Villa Carlotta, 30.5.1908

Oh Herzensmume! Soeben – <u>welch eine Wonne</u> – beim Aufräumen finde ich in einem Couvert Dein Foto! Ich habe Dich angeredet und geweint dazu vor Glück und Rührung. Dieses Foto hatte während der ganzen Reise über in einem Couvert mit Postkarten gesteckt, die mein Portrait haben!

Heute Nachmittag erhielt ich auch Deinen Liebesbrief vom 28ten, diesen so wunderlieben Brief. Du scheinst nur aber doch nicht so ganz zu wissen, welcher Art meine Liebe für Dich ist, da Du von ›trotz alles Ärgerlichen auf mich‹ sprichst. Nein, wenn ich auch dann und wann einmal nicht ganz Deiner Meinung bin oder Dich zu etwas bringen möchte, was Du nicht willst, spielt doch dieses ›Ärgerliche‹ keine Rolle bei mir, heute nicht mehr als vor 36 Jahren. Es ist immer sofort überwunden, sowie Du mich freundlich anblickst. Meine Liebe ist auch nicht nur zu Freundschaft herabgesunken, sondern ich empfinde denselben Zug zu Dir hin, der mich gefangen nahm, als ich Dich kennen lernte, u. machen Deine lieben grauen Härchen da keinen Unterschied. Du hast es mir eben total angetan! Und besitzest mich ganz und gar!

Dein wiederentdecktes Konterfei hat mich ganz umgeworfen u(nd) empfinde ich die größte Sehnsucht nach meinem Lieb, mit einem schrecklich wehmütigem Gefühl, das meine Augen rötet, Du Munnelebrusen!« …

Dich umarmend mein Schätzi, ganz und gar in Nachricht, Dein alljours,

Ewig Dein. Georg.«[46]

FREIFRAU VON HELDBURG
Gemahlin Sr. Hoheit des Herzogs Georg II.

Abb. 14

Aus Briefen der Freifrau an den Herzog:

»Karlsbad, 14.6.1908
Mein Munnele, Du bist so schrecklich gut für mich, schreibst mir so
viel, zu viel für Deine Annehmlichkeit! telegrafierst mir so viel, tust
mir lauter Gutes an! ich bin Dir von ganzem Herzen dankbar dafür
und möchte Dir <u>auch</u> Gutes tun. Kann's nur gar nicht. Warte nur
aber mal, bis wir wieder zusammen sind, ich will sein, ich nehme mir
vor zu sein, wie ein Ohrwürmchen … Leb wohl, leb wohl! Dankbar,
liebend Deini.«[47]

»Salzburg, 16.6.1908
… Ade, mein gutes, gutes, liebes, liebstes Munnele! Früher sagte ich:
Ewig Deini – es kommt aber auf eins heraus: Deini mit Haut und
Haar und allem was an ihr und in ihr ist: Ewig Deini.«[48]

*In der Meininger Presse erscheint ein Beitrag »Aus dem Herzogtum« vom
9. Juni 1908:*

»Eine erfreuliche Mitteilung aus Karlsbad. Von einem Freunde unsers
Blattes wird uns unter anderem aus dem Weltbad Karlsbad, wo jetzt zur
Kur auch die Gemahlin unsers Herzogs, Frau Baronin von Heldburg,
weilt, über deren, inmitten des sonst zur Schau getragenen Pompes, an-
sprechend einfache Erscheinung folgendes berichtet: ›Wie sticht die hohe
Frau gegen die Menge der sich breitmachenden, phantastisch aufgeputzten
Weiblichkeiten ab! Im einfachsten schwarzen – staubfreien – Kleide und
schlichtem weißen Hut mit schwarzem Bande gehend, vermeidet sie die
belebten Wege und begibt sich allein zur Sprudelhalle. Die hohe Frau sieht
gut aus, die Kur scheint ihr wohl zu bekommen‹.«[49]

Aus dem Brief der Freifrau an den Herzog:

»Kaser[50], 25.6.1908

… Was unser künftiges Leben betrifft, mein Munnele, so will ich wenigstens mir nur <u>das</u> vornehmen, dass ich Dir soviel ich nur irgend kann, zu Willen sein will. Dass ich nie wieder <u>gesund</u> sein kann, das steht wohl leider fest, aber wenn ich an so viele meiner Altersgenossen denke, so darf ich mich nicht beklagen, und hoffe, Du wirst nicht auf Mangel an gutem Willen schieben, was Unvermögen meinerseits ist. Du müsstest blind sein, und das bist Du doch nicht, wenn Du nicht bald sähest, wie viel weniger ich leisten kann, besonders mit dem Herzen, als noch im Frühjahr. Zwingen lässt sich da nichts, und jeder Versuch dazu schadet. Du wirst sagen: Das ist vorübergehend und wird auch wieder anders, Ich will's zufrieden sein! … Bleibe Du nur noch recht lange so stark und gesund – ein größeres Glück gibt es nicht für Dein liebevolles Deini.«[51]

Aus Briefen des Herzogs an die Freifrau:

»Villa Carlotta, 15.5.1909

Herzenslieb! Da wären wir dann getrennt. Trotz ›fröhlichen‹ Abschied, der auch gelang, war dieser doch recht garstig …

In meinen Gedanken pflegt sich bewusst und unbewusst alles um Dich zu drehen, auch wenn Du davon nichts merkst, das sehe ich daraus, dass von Schönheit der Gegend mich nichts interessiert, bis Du fern, denn alles Schöne möchte ich von Dir gesehen haben und erfreue ich mich nur dann daran, wenn ich mir sage, Du werdest es auch bald sehen.

Ewig Dein. Ewig Dein. Ewig Dein. Dein Georg.«[52]

»Villa Carlotta, 18.5.1909

Geliebte!

Hier sitze ich nun und warte ungeduldig auf Deine liebe Depesche aus Karlsbad, die mir sagen soll, Du seiest dort gut angekommen. Seit Deiner Abreise bin ich missvergnügt und ödet mich alles an. Hoffentlich befindest Du Dich nicht in einem solchen unangenehmen Zustande. Wenn ich durch Deine Kammer gehe, treten mir die Tränen in die Augen und würde ich heulen, wenn ich nicht nach Deinem Wunsche die Tränen verschluckte. Es ist wohl verkehrt, dass ich Dir von meiner Betrübnis erzähle, denn statt Dich trübe zu stimmen, sollte ich Dich aufheitern. Wie soll ich aber das? …

Wie scheußlich muss es früher gewesen sein, wenn Liebesleute sich trennten. Keine Möglichkeit zu besitzen, sich bald und schnell voneinander Nachricht geben zu können. Jetzt hat man den Telegrafen, und dieser informiert den Verwandten nun ebenfalls viel zu langsam! …

Möge Karlsbad Dir noch behagen!

Leb wohl Herzensmume. Ewig Dein. Dein Dich innigst liebender Georg«[53]

Aus dem Brief der Freifrau an den Herzog:

»Karlsbad, 18.5.1909

Geliebter!

Mein Herz isst voller Dankbarkeit und so soll dieser Brief auch vor allem ein Dankbrief werden. Du wirst das langweilig finden, und es ist wahr, lustig oder unterhaltend ist es auch gerade nicht, aber gesagt muss es doch einmal werden, dass ich es dankbar fühle, wie ich mit Liebe von Dir umgeben bin. Ich habe es, wie man zu sagen pflegt, in allen meinen Leiden, und das macht einen großen Unterschied für die Fähigkeit zu ertragen, besonders bei einer so sensiblen Natur, wie ich es, muß ich sagen leider!? Bin. Es wird Dir nicht zu viel, was Du an mich wendest, und all der Comfort, der mich umgibt, kostet Dich, leider viel Geld. Die Reise hierher konnte nicht besser eingerichtet sein … «[54]

Aus Briefen des Herzogs an die Freifrau:

»Villa Carlotta, 26.5.1909

… Ach – Du Liebes, wie sehr traurig ist's doch, dass wir den 30ten getrennt sind und dass ich Dir nicht, wie ich's stets an dem Tage getan habe, so recht eindringlich sagen kann, mündlich mit vielen Küssen sagen kann, <u>wie</u> lieb ich Dich habe und wie – über alles dankend- Du mein Leben verschönt und zu einem glücklichen gemacht hast. Ich kann Dir für Deine Liebe nicht genug danken, Du mein Engelslieb, Du mein Alles. Kannst Du Dir denn wirklich denken, wie ich mit Dir leide, wenn Du Schmerzen hast, wie ein Weh auch mir durch den Kopf geht?

Möge doch in Deinem neuen Lebensjahre Deine Gesundheit sich bessern, Du wieder Lebensmut und Lebensfreude bekommen wie damals, als Du Deinen Sonnenschirm in die Luft warfst, und Du keinen Augenblick an mir zweifeltest, der ich ja alles auf Dich beziehe und eigentlich nur in Dir lebe, geradeso wie Du in mir! Welch Glück ist's doch für uns, uns schreiben, uns telegrafieren zu können, jeden Moment in der Möglichkeit zu sein, voneinander etwas zu vernehmen und sei es auch das Einfachste. Denk Dir, wie es wäre, könnten wir diese Erleichterung uns nicht verschaffen, wie es ja genug Ehegatten gibt, die es ja nicht kümmert. Sollen wir da nicht diese Erleichterungen unserer Trennung uns zu Nutzen machen trotz der paar hundert Mark, die es vielleicht kostet? Gelt, mein Mumen, ich habe Dich zu meiner Ansicht bekehrt und Du verschmähst jetzt das Depeschieren nicht mehr? Als ich Dir das Geld mitgab, wusste ich ja genau, dass es nicht gar lange reichen werde. Sowie Du Geld brauchst, lass es mich wissen, damit Du dann gleich solches zugesendet erhalten kannst … «

»27.5.1909

Geliebte!

Damit Du auch richtig an diesem Tage, der mir der Liebste im Jahr ist, von mir ein paar Liebesworte habest, entsende ich diesen Brief heute Mittag schon. Dein 70. Geburtstag!

Wie viel mehr hab ich in den Jahren, die wir vereint sind, von Dir an Glück genossen als Du von mir! Wie dankbar muss ich für Deine Liebe sein, die mich bis zu Deinem Krankwerden zum glücklichsten Menschen von der Welt gemacht hatte. O Munnelieb, könnt ich Dich jetzt an mein Herz drücken und Dir aussprechen, Dir durch ein Überschütten mit Küssen fühlbar machen, was Du mir warst und bist, – Du großes Herz Du, die Du so viel mehr bist als ich, zu der ich neben der Liebe mit Verehrung hinaufsehe …

Wenn ich oben sagte, Du habest mich bis zu Deinem Krankwerden zum glücklichsten Menschen gemacht, so meine ich damit, dass Dein Kranksein mich seelisch betrübt hat und betrübt, mir ja gar nicht anders denkbar ist, da ich Dich über alles liebe. Wenn Du aber sagst, Du nähmst mir die Freude am Leben weg, so antworte ich Dir darauf, dass es ohne Dich für mich auch keine Freude am Leben mehr gibt, dass ich um jeden Preis Dich, Dich, Dich haben will, seist Du nun gesund oder krank.[55]

Seiest Du versichert, dass ich am 30.ten den ganzen Tag bei Dir sein werde in trauter Liebe und Fürsorge für Dein Wohlergehen. Ade mein Herzenslieb, mein Alles. Möge Dein Geburtstag Dir gefallen, an dem Du 70 Jahre alt wirst – eigentlich noch gar kein Alter!

Dein über Dich über alles liebender, dankbarer Georg.«[56]

»Villa Carlotta, 1.6.1909

Geliebte!

… Dass Dein abscheulicher Zustand nicht weichen will! Dieser Satz ist von mir in einem Schreibeinfall ungeschickt gefasst, weil es aussieht, als mache ich mir aus Deinem Elend nicht viel. Du hast leider die Oberhand bei diesem Unglück und nicht ich, da Du die Qualen am eigenen Leib und Geist fühlst, während ich nur durchs Ohr und durchs Auge davon berührt werde, das meine ich. Wenn ich sagen würde ich litte wie Du unter Deinen Qualen, würdest Du's wohl übel nehmen und finden, ich wüsste nicht wie schrecklich sie wären. Dass ich mitleide kannst Du versichert sein! Du sollst aber nicht wollen, dass ich nicht mitleide, denn wir gehören zusammen und wenn der eine leidet, soll der Andere auch leiden, Munnelieb! Sei durchdrungen davon, dass ich Dich liebe! ... «

Wildungen, 16.6.1909

... Möge so brillantes Wetter sein, wie hier und Du glücklich sein!!! ... Du Gute, Du Liebe, Du mein einziges Glück Du!!!! War's nicht wunderbar, dass wir uns bekommen haben?? Mein Lieb Du. Dafür kann ich den Schicksalsmächten nicht genug danken ...

Leb wohl im eigentlichsten Sinn des Wortes. Wie, wie freue ich mich für Dich. Allrigt, Ewig Dein.   Georg«[57]

Aus Briefen der Freifrau an den Herzog:

»Kaser, 17.6.1909

... Mich regt außer Dir kaum Jemand auf. Ich hoffe, Du nimmst das, wie es gemeint ist, als Compliment auf, oh Munne! Trotz dieser aufregenden Natur unseres Verhältnisses zueinander – liege sie nun nur an mir oder an unseren beiderseitigen Eigentümlichkeiten – sehne ich Dich aber <u>sehr</u> herbei, denn ohne Dich ist Alles, also auch das liebste Fleckchen Erde für mich nur halb, oder eigentlich <u>noch</u> weniger. Ich bin aber, wie ich Dir schon mehrere Male versicherte, <u>sehr</u> dankbarfroh im Gemüte ... Oh Munnele, so, nun ade und viele viele Herzenswünsche für Dein Wohlergehen!

Voller Liebe all jours. Ewig Deini«

»Kaser, 21.6.1909

Geliebter, ja Mitternacht vorbei und ich war so schön müde, dass ich eigentlich in Versuchung war, erst morgen Vorm. zu schreiben, aber ich <u>kann</u> nicht, ich muss Dir, ehe ich schlafen gehe, für den lieben guten Brief danken, Du weißt schon welchen, der mich gerührt und erfreut und glücklich dankbar gemacht hat. Ich will nicht näher auf ihn eingehen, wozu?

Der gute Wille auf beiden Seiten, den Anderen glücklich zu machen ist genug, das wollen wir gegenseitig festzuhalten machen. Ich will mir die größtmögliche Mühe geben, Dich nicht durch Widerspruch zu ärgern, durch Dissens meine ich eigentlich, der dich jetzt mehr wurmt als früher und wenn mir was von Dir wehe tut, will ich mich an diesen guten Brief erinnern und mir sagen, was Du mir darin gesagt hast. Ich habe ein paar wunde Punkte, vielleicht sprechen wir davon und Du schonst die Besserung desselben aus Liebe zu mir und weil ich doch nun mal ein kranker Mensch bin und bleibe. Wir haben uns gegenseitig teuer erkauft, wir wollen nicht wie es in der Bibel heißt, der Menschen Knechte werden? … Ich bin voll Dankbarkeit für Dich und daraus kann doch eigentlich nur Gutes kommen? Wie gesagt, es ist nur zu wahr, dass es auch der Körper ist, der sich den Geist baut und darauf nimmt man wohl gegenseitig auch nicht Rücksicht genug. Bei gutem Willen muss aber viel Schweres möglich sein – Immer wieder Dank. Dein guter Wille hat mich heute den ganzen Tag still – glücklich gemacht … All jours – Voller Liebe … «[58]

Aus Briefen des Herzogs an die Freifrau:

»Meiningen, 27.6.1909

Geliebtes Mummelerusen!

Ich schrieb Dir einmal von der Villa aus, sehr oft sei es mir so, als müsste ich Dir schnell etwas sagen oder Dich fragen oder als kämst Du zu mir herein. Diese Art von Haluzinationen habe ich seither nicht ganz verloren und ist neuerdings wieder sehr häufig hervorgetreten. Es ist eine sekundenkurze Annahme, Du seist mit mir vegeriert, aber häufig. Es muss mit den Nerven zusammen hängen, die durch die andauernde Beschäftigung meines Geistes mit Dir Dich für kürzeste Augenblicke herzaubern. Es ist ein ganz sonderbares Gefühl oder besser Schein des Bewußtseins, das nicht zu definieren ist. Es ist auch nicht gerade angenehm von wegen der jedesmaligen unmittelbar darauf folgenden Enttäuschung.

Adieu, Ewig Dein, Georg.«[59]

»Villa Carlotta, 11. Oktober 1909

Geliebte!

Ohne Unterlass muss ich an Dich denken …

Mein liebes Herz, schone Dich nach allen Richtungen, lebe ganz und gar Deiner Gesundheit, rücksichtslos gegen die Gesunden, welche Dir nahe stehen. Denke nicht, man könne Dir übelnehmen, wenn Du Dich abkasteist, um anderen Freude zu machen. Spare in gar keiner Richtung mit Geld, gönne Dir jede Erleichterung, jedes Vergnügen, zum Beispiel in bequemen Wagen weit zu fahren und schreibe nur kurz …

Lebe wohl Du Gute, Du Noble, Du Allerbeste. All right. Ewig Dein. Georg.

Wäre ich erst bei Dir!«[60]

Aus dem Brief der Freifrau an den Herzog:

»28.5.1910

Mein Muchele, wenn Du dies liesest, ist der Geburtstag Deiner dummen alten Frau, die gar nicht »weise« ist, … die aber doch nicht <u>so</u> dumm ist, dass sie das große Los in der Ehe gezogen hat und die randvoll Dankbarkeit für Dich sein wird, solange sie denken und fühlen kann. Schlage Dir <u>ja</u> aus dem Sinn, wenn Du übermorgen ein bis(chen) wehmütig meiner gedachtest! Es ist ja doch der 3. Geburtstag, den wir getrennt verleben – ach, und ein anderer als alle anderen, weil unsere Gedanken ihn dazu machen?

Es wird mir komisch sein, ihn ganz allein mit den Leuten zu feiern – aber wenn ich denn doch nicht mit Dir zusammen sein kann, ist mir's eigentlich ganz recht so. Mittags werde ich auf Dein Wohl Champagner trinken und alle müssen hereinkommen und mittrinken. Das wird ein warmempfundenes Hoch, darauf kannst Du Dich verlassen …

Gute Nacht, guten Tag, gute Stimmung, gutes Wetter, alles Gute Dir! Deini.«[61]

Aus Briefen des Herzogs an die Freifrau:

»Meiningen, 29. Mai 1910
Ich möchte Dir so recht sagen, wie glücklich Du mich gemacht hast in unserer Ehe und das ganz besonders auch dadurch, dass Du ein Charakter für Dich geblieben und nicht wie eine Chriseldis Dich meiner Individualität gegenüber pliiert hast. Du warst immer interessant, gabst mir manchmal Rätsel auf; und warst keine Sekunde langweilig. Dass ich in Dich auch in meinen alten Tagen verliebt bin, weißt Du oder könntest es wissen. Du bist ein so ausgezeichnetes Wesen, dass ich Dich bewundern muss und täglich preise ich mich glücklich und bevorzugt, mit Dir verbunden zu sein. Ich habe in Dir fast in allen Stücken eine Beraterin, wie sie treuer und besser Niemand hat und eine Fürsorgerin sonder gleichen …

Dein Georg.«

»Bad Gastein 29.5. 1910
Nur 1 ½ Stunden trennen uns von Deinem lieben, lieben, lieben Geburtstage! Jetzt sitzest Du wohl auch noch auf – hoffentlich in dem Wohnzimmer an meinem Schreibtische und denkst an Dein altes, garstiges Deini, das Dich so liebt. Ich möchte wissen, was ich ohne Dich anfinge! Darum schone Dich mein Alles! … Gute Nacht, schläfst Du doch gut, sanft und träumst von mir wie ich Dir recht bin. Gut Nacht mein Liebling, mein Mummelebrusen, mein Mukele Du. Morgen ist Dein Geburtstächle, hurra!!!«[62]

»Bad Gastein, Dein Geburtstag 1910

Herzens-Mukele!

Ich bin ganz unter dem Eindruck Deines lieben Geburtstags und Deines Götterbriefes Nr. 4. Die Stelle »dass sie (meine Liebe) das große Loos in der Ehe gezogen hat« hat mich Freudentränen weinen lassen, jetzt, nach 1 Stunde, nachdem ich's gelesen, fallen mir noch die Tränen herunter. Liebes Mukele! Die Du die ganze Welt beglücken möchtest, wie bist Du lieb. Deine Idee, auch mir an Deinem Geburtstag etwas zu schenken ist so ganz wie Du. Und Du findest auch immer etwas, das mir Freude macht! …

Ich muss immerzu heulen, denk ich an solch ein Juwelenherz, wie Du's hast.

Ich fürchte, wenn ich heute Deine Gesundheit ausbringe, fange ich zu heulen an …

Ade Liebi! All right! Ewig Dein.·«[63]

»Geburtstag der Freifrau, 1910

Engelslieb!

… Mein Toast auf Dich begann mit der schönen Trilbygeschichte und dass Du immer an andere denkst und auch noch beschenkt hast und auch mich beschenkt hast und schloss mit den Worten: ›Diese Frau soll leben!‹ Ich war so ergriffen, dass es mir unmöglich war, ohne einen Weinausbruch zu haben, ›hoch‹ hinzu zu setzen …

Ja Du hast recht! Wer Liebe sät, wird Liebe ernten!!! Ohne Selbstlosigkeit gibt's aber keine richtige Liebe und selbstlos ist mein Alles! …

Geliebte! Gute Nacht! Schlafe endlich mal so, dass es Dir eine Lust sei.

All right. Ewig Deini. Georg«[64]

»Bad Gastein, 18.6. 1910

Allerliebstes Munnerle!

… In den letzten Tagen hatte ich wieder die eigentümliche Erscheinung, dass ich plötzlich für eine 10tel Sekunde die Empfindung hatte, Du trätest ein oder seiest da. Einige Male war das, etliche Male nach einander!

Gut Nacht, Geliebte, schlaf gut … Sei 1000 mal umhalst mein Alles, All right, – Ewig Deini, Georg.«[65]

Aus dem Brief der Freifrau an den Herzog:

»Salet Alp 26.5.1912

Mein Munnele. Siehst Du, nun ist schon eine der fünf Trennungswochen herum, vor denen wir uns so gefürchtet haben, denn wenn ich auch nicht davon sprechen konnte, es war mir bei dem Gedanken auch nicht leichter zu Mute als Dir.

Wenn man am Ende eines gemeinsamen Lebens angekommen ist – das Ende kann ja ein langes sein? – so woll man nicht gerne noch auseinandergehen. Deini.«[66]

Aus Briefen des Herzogs an die Freifrau:

»Meiningen, 28. Mai 1912

Herzmummele!

Heute früh (jetzt ist's ¼ 10 Uhr) besah ich Dein Portrait von der Stötzer und wurde so gerührt, dass ich weinen musste und ich noch die Tränen in die Augen bekomme, denke ich daran.

Ich ärgere mich, dass ich der Stötzer nichts Schöneres über dies Dein Portrait gesagt habe, es war mir aber ungemütlich, dass Tetta[67] dabei war, von dem ich fürchtete, er werde das Bild nicht so gut finden wie ich, und ich möglicherweise davon beeinflusst werden – es war dieselbe Befürchtung, die Du ja auch hattest. Sie ist und war aber unnötig, denn Tetta findet das Bild gut. Ich finde es merkwürdig gut, Deine ganze Liebenswürdigkeit ist darin ausgedrückt und ein Etwas, das unerklärbar anzieht und mich für Dich mit Liebe erfüllt.

Etwas, das mehr ist, als zu Freundschaft bewegend, das der unerklärbare Funke ist, aus dem die Liebe zwischen Mann und Weib entsteht.

Dass Dich die Stötzer so gesehen hat, wie ich Dich sehe, und wie noch keiner derjenigen, die Dich malten, Dich erfasste, und dass sie das durch ihr Werk fixieren konnte, ist das Große in dem Bilde. –

Ich fühlte so ganz, wie ich's heute ansah, das Unglück, von Dir getrennt zu sein und vibriert dies Unglücksgefühl, vermischt mit dem Glücksgefühl, ein solches Wesen mein nennen zu können, noch nach, mir fortwährend Tränen entlockend.

Leb wohl, mein Alles. Wärst Du doch mit mir und ich mit Dir!
Dein Georg.«[68]

»Meiningen, 28.5.1912

Geliebte, über alles Geliebte!

Soeben war ich wieder vor Deinem Portrait und habe ihm ›Mumele‹ zugerufen. Du sahst mich so über alles Seelenwohl an, dass ich wieder gerührt bin. Mein Mume! Da man nicht genau wissen kann, wann die Briefe von hier Dich erreichen, so soll dieser Brief mein Geburtstagsbrief sein!

Munele, liebes, wie bin ich nur zu dem unverdienten Glück gekommen, dass Du meine Frau wurdest. Das Glück ist gar nicht auszudenken.

Du hast mein Leben zu etwas Wundervollem gemacht, denn Du bist gerade die, welche unter Milliarden für mich passt und ich bilde mir ein, dass in mir, der ich lange nicht auf Deinem Geistesniveau stehe, doch auch ein etwas, ein Fluidum, ein ungreifbares sein muss, dass Dich gefangen nahm. Denn seit unseren ersten Begegnungen gehörten wir zusammen.

Ich ging gestern durch den Englischen Garten und sah die Bank, wo ich mich hingesetzt hatte, um Dich auf Deinem Wege zur Bahn noch einmal zu sehen, als Du Meiningen für immer den Rücken kehren wolltest. Weißt Du es noch?

Ich empfand, als ich diese Bank sah, etwas von dem grässlichen Schmerz, den ich damals fühlte, glaubend, wir seien nun auf alle Zeiten getrennt.

Wie himmlisch, dass es anders kam! Viel tausendmal weniger gut als mir, ist es Dir in unserer Ehe ergangen … Ach, möchtest Du Dich doch so glücklich fühlen wie ich's in Deinem Besitze tue, Du liebe liebe Glücksspenderin …

Dass wir am 30ten nicht mitsammen sind, ist so betrübend, wir wollen uns aber durch Sehnsucht an dem Tage nicht die Freude verderben, dass wir uns haben. Hoffentlich mache ich mir heute, wo ich, seitdem ich heute früh Dich im Bild begrüßte, immer wieder weinen musste, die Melancholie ab und bin am 30ten frohgemut und bist auch Du ohne Melancholie, Du mein Alles Du! …

Gehe es Dir an Deinem Geburtstage ganz extra gut!

Sei in Liebe umarmt. All right. Ewig Dein.

Ich lieb lieb lieb lieb lieb Dich, Georg.«[69]

Abb. 15: Herzog Georg II. vor dem Kaser auf der Salet-Alp

Aus dem Brief der Freifrau an den Herzog:

»Salet Alp, 28.5.1912

Mein Geliebter!

Dieser Brief soll am 30ten Früh bei Dir eintreffen – soll. Ob's gelingt, ist freilich die Frage.

Er soll Dir danken, mein Geliebter, für Alles was Du mir bist und warst in den langen langen, lieben, schönen Lebensjahren, schönen, ach so schönen, trotz allem körperlichen Elend. Dieses scheint mir ganz gering mit meinem Glücke gemessen, wenn ich denke, wie es wäre, wenn ich gesund wäre und Du der leidende Teil. Das wäre für mich gar nicht auszudenken. Und besonders wenn ich mir einbilden könnte, ich wäre noch von Nutzen und Wert für Dich, ich behütete Dich ein bisle, na dann: all right …

Ich werde gar nicht trübetümpelig sein, sondern ganz vergnügt, wenn ich nur gute Nachricht von Dir habe … Ich werde Karlsbader trinken in Punkto Gesundheitspflege, um mit gutem Gewissen mein neues Lebensjahr anzutreten … .Und ich werde mit den Leuten auf Deine Gesundheit trinken, und ich werde mir gratulieren, und wie! Dass wir uns doch immer noch haben!

Ja, mein Mummele, und wenn das auch ein Geburtstagsbrief ist, zu Ende kommen muss er doch einmal. (Anmerkung: Der Brief hatte 8 Seiten)

Drum ›Pfiet Die Goth‹ und mache keine Dummheiten, und bleib alleweil mein gutes Munnele. Ich bleibe alleweil liebevoll Deini.«[70]

Loslasssen

Ohne den Herrschaftsanspruch im Herzogtum wie auch den Gestal-
tungswillen im Theater aufgeben zu wollen, bedingte der Gesundheits-
zustand des Herzogs mehr Zurückgezogenheit von Freunden und Weg-
gefährten.

Aus einem Brief der Freifrau an Helene Jachmann:

»Cap Martin, 30.3.1913
… Nach der einen schrecklichen Nacht, die ich durchlebt habe, denke
ich mir, froh, anders als mal vorübergehend froh, kann ich nicht mehr
werden.

Sie ist vorübergegangen, aber wenn es auch verhältnismäßig gut geht
beim Herzog – ich habe immer das Gefühl, des Lebens Freudigkeit
und Harmlosigkeit ist hin, es bleibt ein schaler Lebensrest …

Der Herzog kann so wenig Menschen mehr um sich haben. Das
hängt in der Hauptsache mit seiner Schwerhörigkeit zusammen. Wenn
er nicht mit einem laut und deutlich sprechenden Menschen allein
zusammen ist, versteht er nichts, und das bereitet seiner Herrennatur
Qualen, macht ihn nervös und schadet ihm geradezu.

Der Herzog muss natürlich nach Wildungen. Ich brauchte nach
eigenem Wissen und nach dem Drängen der Ärzte, so sehr meine
Karlsbader Kur – aber wie sollte ich ihn verlassen, wissend, dass solche
Nacht wiederkehren kann … « [71]

Aus dem Brief des Herzogs an die Freifrau:
»Wildungen, 27.6.1913

Geliebte!

… Ob wir miteinander glücklich sein wollen!!! Ja natürlich, ja freilich wollen wir das!!! … wir haben 39 Jahre miteinander gelebt, und was mich betrifft, hab ich in unverdientem Glück durch Dich gelebt.

Als ich Anfang hiesigen Aufenthaltes den Asthmaanfall hatte, glaubte ich, ich könne ja möglicherweise vor meinem Ende stehen, da setzte ich mich schnell an den Schreibtisch und schrieb Dir: ›Leb wohl, Du warst mein Glück … ‹ Ich gab den Zettel Ernst, an Dich solle er ihn nach meinem Tode abgeben. (Ich vernichtete den Zettel seitdem.)

In solchem Moment schreibt man die Wahrheit. Ich erzähle das, weil ich Dir zeigen will, dass meine Liebesversicherungen und Glücksversicherungen wahrhaftig sind. Wenn wir 39 Jahre gut mitsammen waren, werden wir's auch den Rest noch sein, das wollen wollen wir!!!

Ade mein geliebter Schatz. Ewig Dein. Georg«

Aus Briefen der Freifrau an Eugenie Stötzer:
»Villa Carlotta, 2. 5.1914

… Sehen Sie, Liebste, ich habe mir gelobt: Bis der Tod uns scheidet, gehe ich nicht mehr vom Herzoge fort. Ich weiß wohl, dass ich eine Kur, die mit Alleinsein verbunden wäre, brauche, die Ärzte sagen es mir alle und fügen immer hinzu, wenn es mir besser ginge, käme das auch dem Herzog zugute.

Ja, aber Er graut sich so vor dem Auseinandergehen, dass ihm das auch schadet. Da bleibt mir doch gar nichts anderes übrig, als dankbar dafür zu sein, dass ich das Opfer noch bringen kann, für meine eigene Gesundheit zu resignieren und Leber und Galle Leber und Galle sein zu lassen … «[72]

Abb. 16: Letzter Aufenthalt in Cap Martin Frühjahr 1914

»Schloss Altenstein, 30.5.1914

So viel Mühe ich mir gebe, meine Sorge nur auf eine Stunde loszuwerden, es geht nicht. Und die anderen mögen mir sagen, was sie wollen, ich weiß es besser – dabei leidet der Herzog in der letzten Zeit auch so viel, dass er kaum mehr eine Stunde hat, in der ihm das Leben noch etwas bietet.

Das macht auch den, der das miterlebt, recht mürbe, und er stirbt, wie es im Julius Caesar heißt ›schon viele mal, eh er stirbt‹.

Das Leben ist doch recht grausam! Ich bin heute 75 Jahre alt geworden – da ist man nichts mehr wert. Ich wundere mich immer, dass es noch Menschen gibt, die mich Alte noch ein bisschen lieb haben.

Von Herzen Ihre traurige Heldburg.«[73]

Telegramm der Freifrau an Eugenie Stötzer aus Bad Wildungen, 25.6.1914:

»Heute früh ausgerungen! Gehen morgen Abend mit ihm nach Meiningen, vorerst Schloss.

Kommen Sie nicht! Lieber später, später! Jetzt tut mir am meisten wohl, wer mich mir selbst überlässt.

Ihre arme Heldburg.«[74]

Nach dem Tod des Herzogs verließ die Freifrau umgehend das Schloss Elisabethenburg und zog sich in ihr Haus, eine Villa am Herrenberg in Meiningen – erbaut aus den Ersparnissen ihrer Schauspielzeit – zurück.

Bis zu ihrem Tode besuchte sie gelegentlich für einige Wochen die Veste Heldburg, sofern es die schwierigen Umstände in der Zeit des Ersten Weltkrieges und danach ermöglichten.

Erinnerungen

Aus den Erinnerungen des holländischen Malers Cornelius Jetses als damaliger Gehilfe des Künstlers Arthur Fitger bei der Herstellung des großen Monumentalbildes auf der Veste Heldburg 1899:

»Die Arbeiten am Wandbild der Veste Heldburg waren ein Höhepunkt in meiner deutschen Zeit. Wir Künstler arbeiteten mit Eifer und Fleiß. Doch wir mussten die Arbeit regelmäßig unterbrechen für die offiziellen Diners, wobei wir hoffähig gekleidet, mit einer Tafeldame am Arm hinter dem herzoglichen Paar in den Festsaal schreiten mussten. Dort stand die Tafel festlich gedeckt und mit Kerzen erleuchtet. Lakaien standen bereit, uns zu bedienen, und wenn wir uns setzten, schoben sie den Stuhl hinter uns an den Tisch.

Es war uns nicht ganz wohl dabei, weil wir das höfische Zeremoniell nicht kannten. Ich muss gestehen, dass ich nicht ganz ohne Alkohol bei der Arbeit war, denn wir konnten die Gastfreundschaft nicht zurückweisen oder die Hofetikette durchbrechen.

Das romantische Deutschland hielt mich gefangen. An meinem Geburtstag brachte mir der Adjutant einen Strauß dunkelroter Rosen und Portraits mit der Unterschrift von Seiner Hoheit und der Freifrau, und der Chefkoch hatte für mich eine Torte gebacken, mit brennenden Kerzen darauf.

Mir wurde bedeutet, dass mich der Herzog zu Mittag erwartet, wo ich mich bedanken möge.

Ich wurde im Waffensaal erwartet und kam an einer Gruppe Lakaien vorbei, die von ihren Bänken aufsprangen, als ich kam. Ich sagte: ›Beste Menschen, bleiben Sie doch sitzen, ich verdiene solche Ehrerbietung nicht, ich, der einfache Arbeiterjunge, ich bin solches von meiner Herkunft nicht gewohnt!‹

Einmal wurden wir von der Freifrau zu einem Picknick eingeladen.

Wir fuhren durch kleine Dörfer, und an einem schönen Platz wurden herrliche Speisen ausgeteilt. Man unterhielt sich ungezwungen. Auf dem Rückweg kamen wir durch ein Dorf, in dem die Schulkinder längs des Weges standen, um der Landesmutter mit Blumen und Gesang ihre Verehrung und Anhänglichkeit zu zeigen.

Ich genoss dies alles so, als ob ich ein Märchen erlebte. Es war nicht mein Verdienst, was mir zukam, mehr als gute Gaben, die mir der Himmel präsentierte.

Als das Wandbild mit der Ritterfigur und dem Drachen fertig war, nahmen wir Abschied von der herzoglichen Familie. Der Herzog stand beim Tor, legte seine Hand auf meine Schulter und sagte: ›Lasst es Ihnen recht gut gehen, Herr Jetses, halten Sie schön Hochzeit, und grüßen Sie Ihre Braut von mir!‹ [75]

Abb. 17: Veste Heldburg, Wandbild St. Georg

Aus den Erinnerungen von Heinrich Rupprecht, ehemaliger Hofschau-
spieler in Meiningen:

»… als armer, noch nicht 18jähriger Gärtnerbursche bin ich, ohne ihn
zu kennen, auf sein Jagdschlösschen Kissel zu ihm gelaufen und habe
ihn und seine Gattin in selbstgemachten Versen gebeten, mich zum
Theater gehen zu lassen.

Die Herrschaften haben meinen Wunsch erfüllt und sind mir treue
Schutzpatrone geblieben bis an ihr Ende …

Mein Herzog war ein Ideal in jeder Beziehung. Außer Harmonie
drückte sein ganzes Wesen Hoheit aus, und diese Anrede hat wohl
nie auf einen Menschen so gut gepasst wie auf ihn.

Sein harmonisches Wesen war ganz dazu geschaffen, alle Künste auf
der Bühne harmonisch zu verschmelzen.

Was mir an meinem Herzog über alles gefiel, war seine edle Toleranz
auf allen Gebieten. Manchem Seelsorger, Beamten und Schriftsteller,
der wegen seiner freien Anschauung sich geschadet hatte, hat er ein
Asyl geboten und ist ihm ein Schutzpatron …

In seinen idealen Anschauungen fand sich der Herzog eins mit seiner
ihm in geistiger und seelischer Harmonie vollkommen ebenbürtigen
Gattin, wenn diese auch bürgerlichen Kreisen entstammte.

Wenn der Herzog von ihr sprach, nannte er sie zu meinem Staunen
nie anders als schlicht ›meine Frau‹.

Aber aus diesen zwei Wörtchen klang immer so viel Liebe, Stolz und
Freude, dass sie schöner klangen als der höchste Ehrentitel, mit dem
andere gekrönte Häupter ihre Gattinnen auszeichnen.«[76]

Aus den Erinnerungen der ehemaligen Hofschauspielerin Amanda Lindner:

»Noch einmal, im August 1919, habe ich, einer Einladung von Frau Baronin von Heldburg auf die Veste Heldburg folgend, das Glück gehabt,

mit der von mir geliebten, hochverehrten Frau schöne, unvergessliche Stunden zu verleben. Sie empfing mich in ihrer Witwentracht und führte mich trotz ihrem hohen Alter um die Veste herum, zeigte mir auch das Innere der Burg, bis wir an die Treppe zu ihrer ›Kemenate‹ kamen, die sie nicht mehr zu steigen vermochte. Wir plauderten von vergangenen glücklichen Tagen und gemeinsamen Erinnerungen …

Rührend war es, wie sie sich, als wir bei Tisch saßen, entschuldigte, dass sie mich nicht mehr so bewirten könne wie in alter Zeit.

Hinter uns grüßte von der Wand herab das große schöne Gemälde, das Frau Baronin als Prinzessin Leonore d'Este im ›Tasso‹ darstellt. Da wagte ich es, sie zu bitten, mir etwas aus dieser Rolle vorzusprechen, wie einst in den glücklichen Zeiten unseres Studiums.

Frau Baronin, die Hochbetagte, Achtzigjährige erwiderte: ›Aber, liebe Amanda, das kann ich heute nicht mehr‹. Dann sah sie mich eine Weile mit ihren liebevollen, großen, noch immer schönen Augen an, es kam wie eine Weihe über sie, langsam öffnete sie ihre Lippen und sprach die lange Stelle der Prinzessin: ›Nicht das! Allein ihr strebt nach fernen Gütern, und Euer Streben muss gewaltsam sein‹ usw.

Die mit dem Ausdruck der Künstlerschaft gesprochenen Worte, der verklärte Ausdruck des Gesichts ließen Frau Baronin ganz ihrem über ihr hängenden Porträt ähnlich werden.

Tief ergriffen von der vollendeten Art ihres Vortrages liefen mir die Tränen über die Wangen, ich vermochte nur noch mit stummem Dank meine Lippen auf ihre Hände zu drücken.

Es war ein Abschied für immer, ich habe sie nicht wiedergesehen. Als mich wenige Jahre später die Trauerbotschaft von ihrem Tode ereilte, hatte auch ich an diesem Verlust schwer zu tragen. Sie war mir ja nicht nur die hochverehrte, geliebte Lehrerin gewesen, sie war mir mehr geworden – eine mütterliche Freundin. Ja, mir ist, als habe ich eine zweite Mutter in ihr verloren.«[77]

Das Alleinsein

Aus dem Brief der Freifrau an Eugenie Stötzer vom 1.7.1915
(ein Jahr nach dem Tod des Herzogs):

»Nur wer die Sehnsucht kennt, weiß, was ich leide. Sehnsucht, Tag und Nacht zehren nach Ihm, die nie mehr gestillt werden kann und darum so trostlos ist. Ich habe beim Sichten unserer Korrespondenz jetzt die vom Juli 1910 aus Bad Gastein an mich gerichteten Briefe Wort für Wort wieder gelesen.

Kein Mensch würde es glauben, wie Er war. Denke doch, ein Mann von vierundachtzig Jahren schreibt bei seiner Kur und allen seinen Regierungssachen nicht nur jeden Tag an seine einundsiebzigjährige Frau, nein fast immer zwei Briefe am Tage und oft drei!

Alles hat er mir erzählt, alles mich miterleben lassen, alles was ihn bewegte und erregte, jedes kleine Vorkommnis.

Dazu die Depeschen und Telefonnachrichten regelmäßig zweimal am Tage. Im fünfundachtzigsten Jahr seines Lebens!

Ich frage mich demgegenüber nur, ob ich ihm auch dankbar genug gewesen sei, für solche Liebe, oder ob ich ihm meine Dankbarkeit auch genug gezeigt habe? Ich bin halt zurückhaltend, kann nicht davon sprechen.

Nun will ich in der Einsamkeit hier alle seine Briefe wieder lesen; mein Herz wird bluten dabei, aber es wird mir auch wie eine Andacht sein, die ich ihm halte.«[78]

Aus dem Brief der Freifrau an Sophie von Seebeck:

»Veste Heldburg, 11.11.1917
… Ich kann nimmer, es ist ein schlimmes Schreiben im Bett bei einem elend brennenden Lichte. Aber das Licht hat eine kleine Geschichte, und die will ich Ihnen schnell noch hinschreiben.

Die Heldburger (das Städtchen hat nicht viel mehr als 1000 Einwohner) haben mich von meiner glücklichen Zeit her noch gern – ›unsere Freifrau‹ hieß ich zur Freude meines Geliebten schon immer bei ihnen, und nie ging oder fuhr ich aus, ohne dass Kinderhände mir Blumen hinhielten – ja, und sehen Sie, das ist der armen alten gebrochenen Frau geblieben, und ich habe in manches tränende Auge geblickt.

Was schleppen die Kinder nicht alles herbei außer Blumen! Ein Ei, zwei Eier, ein Stück vom Sonntagskuchen, eine halbe selbstgeschlachtete Wurst.

Aber gestern Abend klopft da ein kleines Fingerchen an meine Tür. Was war's? Ein Mädchen hielt mir ein eingewickeltes Licht entgegen! Das Petroleum der Kommune war ausgeblieben, mein Kutscher hatte in allen kleinen Läden nach Lichten gefragt, da schickt mir ihre Mutter eins ›von sich‹, Geld ›braucht's nicht‹. Und an diesem Licht ist der Brief geschrieben, und ich darf nicht klagen, dass es ›blakt‹.

So, und nun gute Nacht oder richtiger guten Morgen, denn es ist vier Uhr vorbei.«[79]

Abb. 18: Freifrau von Heldburg als Witwe

Aus dem Brief der Freifrau an Pfarrer Kalbe in Streufdorf:
»Meiningen, 29.11.1919

… Ich habe in meinen letztwilligen Bestimmungen den Wunsch ausgesprochen, dass Sie, mein lieber Herr Pfarrer, mich zur letzten Ruhe in mein Ehrengrab, das mir mein geliebter Mann schon vor vierzig Jahren an seiner Seit bestimmte, geleiten möchten.

Am liebsten so still und bescheiden wie möglich, ohne ›Rede‹, aber, wenn es anginge, mit den Worten der Ruth an Naemi, die wir beide innig liebten und die der uns trauende Pfarrer Wolff, ohne von uns dazu angeregt zu sein, seiner Rede zugrunde legte, hinzufügend: ›Ich bin dein und du bist mein‹.

Ich hoffe, mein Wunsch macht Ihnen Freude, lieber Herr und Freund! … «[80]

Aus dem Brief der Freifrau an Hofbaurat Karl Behlert:
»28.8.1920

Mein lieber Freund! Vor ein paar Stunden, in einer starken Herzattacke, dachte ich, das lang ersehnte Ende wäre da, und meine Gedanken flogen hinüber zur Veste Heldburg, zu der Kemenate, die doch nun unvollendet geblieben ist.

Sie wissen, dass er es in seinem Letzten Willen ausgesprochen hat, wie er sie erhalten sehen möchte – dem Wiederhersteller zu Ehren, der Stadt zum Vorteil, und die Kemenate zu meinem Andenken.

Auch der Umsturz des Bestehenden braucht daran nichts zu ändern, wenn Sie, treuer Freund, nach meinem Heimgange der Kemenate Ihre kunstsinnige Fürsorge besonders zuteilwerden lassen. Ich habe letztwillig alles bestimmt, was ihr einverleibt werden soll, damit sie wirklich zu einer Erinnerungsstätte wird … «[81]

Aus dem Brief der Freifrau an die Freundin Else von Hase:

»Meiningen, 17.3.1923
… Ich schreibe Dir so schrecklich gern und klage doch so schrecklich ungern.

Ich bin jetzt ganz herunter, aber ich muss doch noch einmal nur der alte Stehauf sein, denn morgen, an unserm Goldenen Hochzeitstage muss ich hinüber zu ›Ihm‹ (zum Grab des Herzogs, d. V.), begleitet von meiner guten alten Cousine; mit all den Frühlingsblumen, die Else seit vorgestern im Walde bei der Veste Heldburg sammelt.

Ach … könnte ich doch den ganzen Tag dort oben bleiben, allein mit meinen Gedanken! Ich möchte den Tag in Einsamkeit verleben, erst abends nach neun Uhr, um dieselbe Stunde wie vor fünfzig Jahren, wird meine Jugendfreundin Anna Schwencke auf ein Stündchen hier sein.

Noch einmal wollen wir ein altes, mir sehr liebes Lied ›Drum, wenn ein Herz du hast gefunden‹ zusammen singen (oder nur eigentlich vor uns hinsummen), mit dem sie damals den Herzog und mich überraschte.

Fünfzig Jahre in Glück und Leid! Wer sagte es doch:

›Da fing mein Leben an, als ich dich liebte?‹ … «[82]

Telegramm aus Meiningen an Else von Hase
»Meiningen, 24.3.1923

Frau Baronin heute Morgen plötzlich verschieden.« [83]

Dem Testament entsprochen

Mit dem Tod Georg II. am 25. Juni 1914 ging eine Ära zu Ende. Am Tag der Trauerfeierlichkeiten fielen in Sarajewo jene Schüsse, auf die der Erste Weltkrieg folgte. Die Adelsherrschaft gehörte von nun an zur Vergangenheit.

Abb. 19: Grabstätte Herzog Georg II. von Sachsen-Meiningen und der Freifrau von Heldburg auf dem Parkfriedhof in Meiningen

Der Herzog wurde entsprechend seinen letztwilligen Bestimmungen auf dem Parkfriedhof in Meiningen bestattet. Fürstlichkeiten, die nicht zur Familie zählten, mussten dem Trauerzug fernbleiben. Das traf auch für den dafür vorgesehenen preußischen Kronprinzen zu. Da jedoch ein weiterer Sohn Kaiser Wilhelms II. als Verlobter einer Enkelin des Herzogs teilnahm, hatte es den Anschein, als ob das Kaiserhaus dennoch vertreten gewesen wäre.

Bei der Beerdigung der Freifrau im Jahr 1923 spielten Hofetikette oder Ressentiments keine Rolle mehr. Die Anteilnahme war überaus groß. Die Freifrau ruht neben ihrem Gatten auf dem städtischen Friedhof in Meiningen.

Ein Enkel Georgs II. bewohnte mit seiner Familie bis 1945 die Veste Heldburg. Dem Testament entsprechend wurden die einstigen repräsentativen Wohnräume des Herzogs museal genutzt. Ein Großbrand im Jahr 1982 (derzeit Kinderheim) zerstörte diesen Bereich des wertvollen Kulturgutes. Schon früher ausgelagerte Inventarbestände sind an die Erben zurückgegeben worden.

Mit der Einrichtung des Deutschen Burgenmuseums auf der Veste wird sich – wenn auch in veränderter Weise – ein Vermächtnis des Testamentes Georg II. erfüllen: »... damit die Veste Heldburg, die ich wieder hergestellt und wohnlich, zumeist mit Mir besonders lieben Gegenständen eingerichtet habe, in ihrem jetzigen Zustande auch in der ferneren Zukunft erhalten bleibe und zum Besten der Stadt Heldburg und der Umgegend einen Anziehungspunkt für fremde Besucher bilde ... «.[84]

Abbildungsnachweis

Kulturstiftung Meiningen-Eisenach, Meininger Museen:

Gemälde
Abb. 1   Bernhard II. Erich Freund, Herzog von Sachsen-Meiningen
um 1825, Pastell von Johann Philipp Bach (1752-1846)
Abb. 2   Marie von Hessen-Kassel, an der Seite Herzog Bernhards II.
seit 1825 Herzogin von Sachsen-Meiningen, Öl auf Lein-
wand, um 1850, Samuel Diez (1803-1873)
Abb. 3   Georg, Erbprinz von Sachsen-Meiningen um 1852, Samuel
Dietz , Öl auf Leinwand
Abb. 7   Freifrau von Heldburg als Lenore in »Tasso«, Gemälde von
O. Begas
Abb. 9   Georg II., Pastell Franz von Lenbach

Fotos/Repro:
Abb. 4, 6, 7, 12, 13, 14, 15, 16 , 17, 18, 19

Förderverein Veste Heldburg e. V

Gemälde:
Abb. 10 Freifrau von Heldburg, Pastell Franz von Lenbach
Foto:
Abb. 8
Jan Koch
Foto:
Abb. 17
Inge Grohmann
Fotos:
Abb. 5 Repro aus Else-Hase-Köhler, Fünfzig Jahre ... o. O.;11

Weiterführende Literatur:

Erk, Alfred/Schneider, Hannelore: Georg II. von Sachsen-Meiningen – ein Leben zwischen ererbter Macht und künstlerischer Freiheit, Zella Mehlis/Meiningen 1997

Grohmann, Inge: Fränkische Leuchte, Norderstedt 2008

Hase-Köhler, Else: Freifrau von Heldburg, Fünfzig Jahre Glück und Leid, Leipzig 1927

Kurnatowski, Otto von: Georg II. Herzog von Sachsen-Meiningen und Hildburghausen, Hildburghausen 1914

deutsche-schutzgebiete.de/herzogtum_sachsen-meiningen.htm

meiningermuseen.de/pages/schloss/personen/herzogliche-familie/georg-ii.php

altmeiningen.de/georg/vicarlotta.htm

stefan-etzel.de/HOME/bios/georg.htm

altmeiningen.de/georg/lario.htm

Endnoten

1 Erschienen im Heinrich Jung-Verlag Zella-Mehlis/Meiningen 1997
2 ThStAMgn, HA K8/M97, Brief Georg II. an seine Mutter vom 18.3.1873
3 ThStAMgn, K8/M99, Brief Georg II. an seine Mutter vom 23.9.1876
4 Eugenie Stötzer, Kunstmalerin und Freundin der Freifrau
5 Herzogliche »Villa Feodora« in Bad Liebenstein
6 Vgl. Bibel, Altes Testament, Ruth 1. Kapitel: »Wo du hin gehst, da will ich auch hin gehen; wo du bleibst, da bleibe ich auch. Dein Volk ist mein Volk, und dein Gott ist mein Gott.«
7 Vgl. Hase-Köhler, Else von: Freifrau von Heldburg, Fünfzig Jahre Glück und Leid. Leipzig 1927, S. 233
8 ThStAMgn, HA 318, Brief Georg II. an die Freifrau vom 1.1.1874
9 ThStAMgn, HA 312, Brief Bernhard II. an Georg II. vom 21.3.1873
10 ThStAMgn, Ha 312, Brief Wilhelm I. an Georg II. vom 4.12.1873
11 ThStAMgn, HA 312, Brief Marie an Georg II. vom 21.3.1883
12 Berliner Tageblatt Nr. 109 vom 11.5. 1873, Beiblatt
13 ThStAMgn, Äußeres 314, Brief Georg II. an Krosig vom 18.3.1873
14 ThStAMgn, HA K8/M99 Brief Georg II. an seine Mutter vom 23.9.1876
15 ThStAMgn, HA 393 II, Brief Georg II. an Karl Werder 1875
16 Vgl. Hase-Köhler, Else von: Freifrau von Heldburg …, S. 29
17 Vgl. Hase-Köhler, Else von: Freifrau von Heldburg … , Brief der Freifrau von Heldburg an Ernst Häckel vom 24.5.1889, S.29
18 ThStAMgn, HA 393 II
19 Vgl. Hase-Köhler, Else von: Freifrau von Heldburg … , S. 115
20 ThStAMgn, HA 394 I, Brief der Freifrau an Karl Werder vom 29.6.1881
21 ThStAMgn, HA 222, Brief der Freifrau von Heldburg an Ludwig Chronegk vom 30.7.1886
22 ThStAMgn. HA 393 I
23 ThStAMgn, HA 426, Brief Wilhelms von Preußen an Georg II. vom 23.12.1880
24 ThStAMgn, HA 393 II, Brief Georg II. an Karl Werder vom 25.11.1879

25 ThStAMgn, K8/M99, Brief Georg II. an Chronegk o.D. K8/M99
26 Eigentlich Prinzessin Auguste, die einzige Schwester Georg II, genannt nach ihrem Gatten Moritz von Sachsen-Altenburg
27 ThStAMgn, Ha 394 I, Brief der Freifrau an Karl Werder vom 29.6.1881
28 zum unveräußerlichem und unteilbarem, einer bestimmten Erbfolge unterliegendem Vermögen des Herzoglichen Hauses gehörend
29 ThStAMgn, HA 553, Brief Georg II. an seine Mutter, ohne Datum
30 ThStAMgn, Gemeines Landgericht Meiningen 1124, Testamente Georgs II.
31 ThStAMgn, Gemeines Landgericht Meiningen 1124, Codicill Georg II. vom 30. Juni 1900
32 Vgl. Hase-Köhler, Else von: Freifrau von Heldburg …, S 25
33 ThStAMgn, HA 395, Brief Georg II. an Karl Werder vom 21.9.1891
34 ThStAMgn, Gemeines Landgericht Meiningen 1124, Testamente Georgs II.
35 Das Herzogliche Schloss Altenstein bei Bad Liebenstein
36 ThStAMgn, HA 323
37 ThStAMgn, HA 323
38 Ebenda
39 Die Villa Carlotta war herzoglicher Besitz am Comer See/Italien
40 ThStA Mgn, HA 323
41 Siehe auch »Kaser«
42 ThStAMgn, HA 325
43 ThStAMgn, HA 324
44 ThStAMgn, HA 325
45 ThStAMgn, HA 323
46 ThStAMgn, HA 323
47 ThStAMgn. 325
48 Ebenda.
49 ThStAMgn, HA 325, inliegender Zeitungsausschnitt
50 Der Kaser war eine Berghütte auf der Salet Alp im Berchtesgadener Land, die der Herzog der Freifrau geschenkt hatte
51 ThStAMgn HA 325
52 ThStAMgn, HA 326

53 Ebenda
54 ThStAMgn, HA 327
55 ThStAMgn HA 326
56 Ebenda.
57 Ebenda
58 ThStAMgn, HA 327
59 ThStAMgn, HA 326
60 Ebenda
61 ThStAMgn, HA 329
62 ThStAMgn, HA 323
63 Ebenda
64 Ebenda
65 Ebenda
66 ThStAMgn, HA 333
67 Tetta war der Kosename von Prinz Ernst, Sohn Georg II., Kunstmaler
68 ThStAMgn, HA 323
69 Ebenda
70 ThStAMgn. HA 333
71 Vgl. Hase-Köhler, Else von: Freifrau von Heldburg … , S. 131
72 Vgl. Hase-Köhler, Else von: Freifrau von Heldburg … , S. 161
73 Vgl. Hase-Köhler, Else von: Freifrau von Heldburg … , S. 162
74 Ebenda
75 Erinnerungen Cornelius Jetses in: Persönlicher Nachlass Arthur Fitgers bei Dr. Cornelia Fitger, Essen
76 Vgl. Thüringen, Monatszeitschrift für alte und neue Kultur, April 1926, S. 27
77 Vgl. Hase-Köhler, Else von: Freifrau von Heldburg … , S. 22
78 Vgl. Hase-Köhler, Else von: Freifrau von Heldburg … , S.164
79 Ebenda S. 221
80 Vgl. Hase-Köhler, Else von: Freifrau von Heldburg … , S. 210
81 Ebenda. S 174/ 75
82 Ebenda S 254
83 Ebenda S. 255
84 ThStAMgn, Staatsministerium Abt. I Äußeres, Nr. 1044,